U0079667

歡迎搭乘轉運計程車

喜多川 泰 著
王蘊潔 譯

Discover
ディスカヴァー

岡田，
你負責的20張保單
全部被解約了！
大量被解約=扣薪水、
沒獎金，要還公司
保費佣金。
必須趕快把失去的保單
補回來才行……

你忘了今天要去學校談
女兒拒學的問題嗎？
去巴黎旅行的錢，記
得下星期要匯款喔！
甚麼時候回老家？媽媽
想和你聊聊以後的事。
為什麼就我
這麼倒楣…

光是工作的事就不知
道該如何處理了，
還要煩惱女兒的事，夫妻
的事，老家和母親的事。
TAXI
69370
每一件事都不知
該如何是好…

是不是先去你女兒的學校比較好？
TAXI
啊啊…沒錯，那就拜託你了。
你…你怎麼會知道！？

我一開始不就說了嗎？
我是你的運轉手。
我會帶你去可以為你
帶來轉機的地方。

一輛能帶你前往運氣變好之處的計程車
69-370
在計費數字歸0前都可以無限次搭乘
這些點數是誰儲值的？
這輛計程車為什麼會出現在修一面前？
他能抓住改變運氣的轉機嗎？
詳情請看《歡迎搭乘轉運計程車》內文

序章

——妳今年的表現很活躍。

車用音響內傳來DJ語帶興奮的低沉聲音。

——謝謝。

——聽說妳填詞譜曲都自己來，妳從什麼時候決定走音樂這條路？

——我的音樂啟蒙其實相當晚，在我讀中學的時候，父親帶了一把吉他……滋滋……剛才上場就錯失了大好機會，沒有擊出安打就出局了，所以這次應該很希望可以把跑者送回本壘。請問打者在這種時候，內心都在想什麼？

也許是顧慮到坐在後車座的修一，和他同年代的司機切換了節目，改聽棒球實況轉播。

「完全聽不懂時下年輕人唱的歌。」

司機從後視鏡中看著修一說。

修一苦笑著回答：

「是啊，但比起棒球，我更想聽剛才的音樂節目。」

「啊啊，真是不好意思……」

司機說完，慌忙轉回剛才的節目。

——請問令尊從事哪方面的工作？

——他是理財顧問。

——這樣啊，所以多虧了令尊，妳才會走上音樂之路。那我們來談一談妳的新歌，今天要介紹的是本月二十日推出的《Life is beautiful》專輯中這首〈TAXI〉，請問是一首怎樣的歌？

——有一天，我搭上了一輛與眾不同的計程車。那天之後，我的人生就發生了改變。這是我根據這段經驗創作的歌曲。

——原來是這樣。那我們就來聽聽這首由YUMEKA為我們帶來的〈TAXI〉。

修一從來沒聽過這首歌，但並不覺得難聽。

「與眾不同的計程車改變了人生……嗎？」

修一喃喃自語，情不自禁露出了笑容，腦海中浮現了發生在十年前，但最近從來不曾想起的往事。

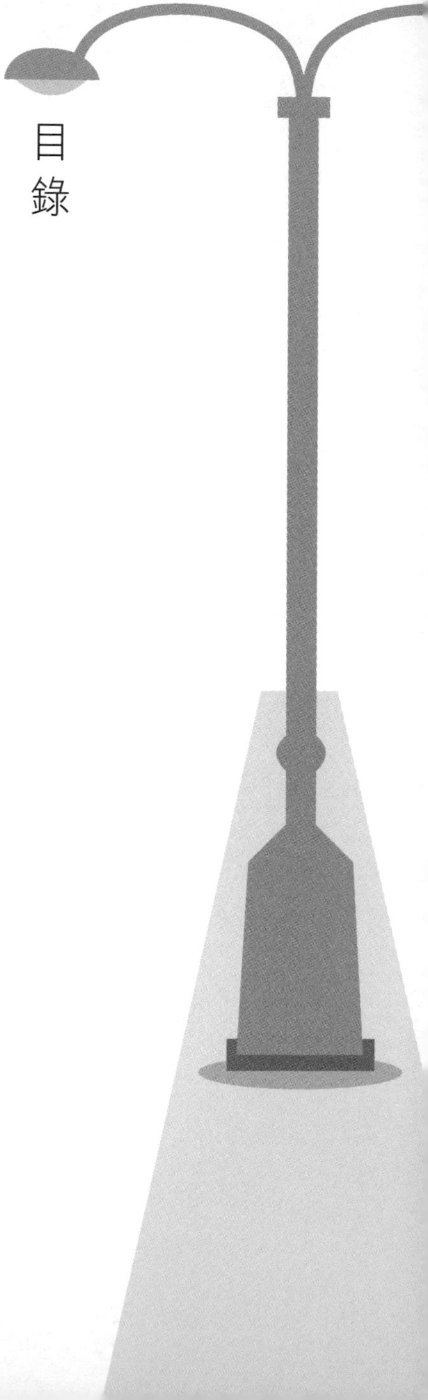

目錄

死線

「一年的時間感覺很長，但轉眼之間就過去了。」

每逢年底，任何人都會隱約產生類似的感慨，但岡田修一轉職成為壽險業務員後，一年的時間之短，對他而言只是一種深入骨髓的恐懼感，他每個月都幾乎被這種沉重的壓力壓垮。

雖然保險行業中，也有領固定薪水的公司，但修一任職的公司並非如此。所謂「純佣金制」，其實就是「完全靠業績抽成制」。

曾經用這種方式領薪水的人，就會了解這種薪資制度有多麼恐怖。每賣出一張保單，在第一年可以從保費抽取一定比例的佣金成為自己的薪水，每家保險代理公司的抽佣成數不同，修一的公司算是給得相當大方。只不過第一年結束後，抽成的成數便直線下降。這是公司的規定，也就是說，只有前十二個月可以靠那張保單領薪水，一旦進入第十三個月，抽成的佣金金額少得可憐，因此必須在此之前簽下新的保單。

在覺得「反正還有半年時間」之際，還不至於太焦急，然而「只剩下兩個月」時，就開始食不下嚥，夜不成眠。

修一畢業於東京一所絕對稱不上一流的私立大學，畢業找工作時，當然吃了不少苦頭，好不容易找到一家願意錄用自己的公司，總算進入那家公司謀得一職，但之後多次換工作，最後投入了保險業。

進壽險公司之前，修一是二手車行的業務員，像他這樣從賣二手車轉行進入保險代理公司工作的人並不在少數。雖然保險的種類不同，但賣車也要處理車險的問題，重點是手上掌握了很多客源，和客戶之間的關係既廣又深。了解客戶的家庭成員和兒女的年紀，而且還知道對方用什麼方式買了什麼車子，這就意味著了解對方的收入和生活方式。這些資訊無疑是從事保險工作最重要的武器。

當初之所以會起心動念換工作，是因為先跳槽的前輩整天在他面前批評那家二手車行，吹噓跳槽後的生活多麼美好。那家二手車行的確有很多離譜的事。

「只要有機會，想換一家條件更好的公司。」

不光是修一，每個人都這麼想，那位前輩的一番話讓他動了心。

「即使整天玩，只要能夠簽到保單就好，賺錢超輕鬆。」

「這份工作的最大優點，就是可以靠自己的努力，讓收入無上限。」

「你絕對更適合這份工作。」

每次見面，那位前輩就慫恿他加入自己任職的公司。

修一最後禁不起他的鼓惑，進入了那家保險代理公司，前輩卻在不久之後離職了。

前輩剛跳槽時，利用過去的人脈簽了很多保單。第一年時，每個月都有將近六十萬日圓的收入，只不過最終也必須面對第十三個月的問題。修一在他的慫恿之下，換到和他同一家公司不到半年，前輩的抱怨對象就變成了目前這家公司，在他的收入幾乎歸零之後，突然從公司消失了。

雖然不知道是否有人做過正式統計，但據說在保險業界，「能夠撐過十年的人不到整體的百分之三」。在投入這個行業之前，修一從來沒想過其中的原因，如今深刻體會到要撐十年有多難。

「早安。」

剛踏進公司的修一話音未落，董事長脇屋武史就迫不及待地叫了一聲：

「岡田！」

脇屋總是帥氣有型地穿著筆挺的西裝，即使在目前天氣一天比一天悶熱的季節，仍然西裝不離身。他對自己的身材也毫不馬虎，每天下班後都去健身房運動。頭髮也總是梳得一絲不苟，那副很時尚的眼鏡不知道是為了搭配造型，還是真的有發揮眼鏡原本的功能。

他和修一年紀相仿，在三十歲時創立了這家公司，十八年來，逐漸擴大公司的規模。目前包括修一在內，總共有六名員工。雖然稱不上是大公司，但能夠將起初靠著單打獨鬥創立的保險代理公司，發展到目前的規模，並不是普通人能夠做到的事。

脇屋幾乎一個人扛下公司所有的業績，從他是公司內唯一連續十年，成為被譽為壽險界奧斯卡獎的百萬圓桌協會會員，就不難了解到他是優秀的保險業務員。百萬圓桌協會是由壽險理財專業人士組成的國際組織，有效保費收入必須達到相當的金額，才有資格成為協會的會員。至少修一不可能連續十年都達到那樣的金額，不，連一年都無法達到。

「是。」

修一驚訝地應了一聲後，走向脇屋的辦公桌。脇屋微瞇起眼鏡後方的雙眼瞪著修一。修一以前簽下的保單遭到解約時，曾經見識過脇屋的這種眼神。他產生了不祥的預感，但又回答了一次：

「是……」

脇屋把手上的資料丟在桌上，然後拿下眼鏡，另一隻手揉了揉眼角，重新戴上眼鏡後說：

「你還記得西導補習班吧？」

「是……」

修一的聲音發抖，而且很小聲，幾乎快聽不到了。

「解約了。」

修一說不出話。

那是他十個月前上門推銷的補習班教室，幸運的是補習班的主任朝倉悠人一開始就很有興趣地說：「我很想了解一下」，然後當場就簽了約。

一問之下才知道，原來他新婚不久，太太懷孕了，所以正在考慮買壽險，簡直就是俗話所說的「來得早不如來得巧」。

那個補習班有很多年輕老師，連補習班主任朝倉都沒有買保險，其他人當然更和保險無緣。朝倉身為補習班主任的職位凝聚了向心力，他隨口說了一句「你們最好也買保險」，其他人就紛紛表示「我要買」、「我也要買」，轉眼之間，其他教室的老師也都接連加入，短短兩個月，就向修一購買了二十份保單。

修一當時正在為簽不到保單走投無路，那些保單的確幸運地成為拯救他的救命稻草，否則他現在恐怕早就已經離開這家公司了。

「是……誰解約？」

修一努力打起精神問，但因為緊張而乾渴的喉嚨無法發出聲音，好不容易才擠出這句話。

脇屋嘆了一口長氣，搖了搖頭說：

「所有人。」

修一腦袋一片空白。二十個人的保單在一年之內反悔解約。下個月的薪水就必須扣除這些保險費的佣金，而且至今為止十個月期間支付的保險費，也必須如數退還給保險公司。光是在腦袋中粗略計算一下，就知道金額相當可觀。

「慘了，完蛋了……」

修一閃過這個念頭。

脇屋的辦公桌牆上，掛了一張裱在相框內的簽名板。

不知道簽名板上的那句話是誰寫的，但脇屋很喜歡這句話。

——正向思考，笑得比別人更開心。

脇屋也經常在朝會時對同仁說：

「要發揮正向思考。」

習慣負面思考的修一每次聽到這句話，都忍不住在內心反駁說：「如果說要發揮就能發揮，天底下就不會有日子過得辛苦的人了。」但他當然從來不曾把這句話說出口。

平時就無法正向思考，在面對最惡劣的狀況時，當然不可能正向看待，更不可能笑得出來。

脇屋對束手無策的修一說：

「你愣在那裡也沒用。」

修一回過神。

「是、是……，那我先去西導補習班。」

修一無力地說。雖然誰都知道，事到如今，即使去了也無濟於事，更何況這麼一大早，補習班根本還沒有開，但沒有人阻止修一。

「這傢伙恐怕也待不下去了。」

辦公室內瀰漫著這種氣氛，修一雖然才剛進公司，但又立刻離開了。

朝倉苦笑著對修一說：

「你的服務很周到，對你真的很不好意思，但對方是學生的媽媽……」

他們正在說話的同時，來補習班上課的中學生接連向朝倉打招呼，然後走過他們身旁。朝倉也沒有面對修一，而是看著學生的方向，一邊向學生道「同學好」，一邊和他說話。

上課時間快到了，周圍的老師也都忙碌起來。因為那些老師也是解約的當事人，所以很在意修一和朝倉談話的結果，視線不時瞄過來，顯然很期待朝倉能夠順利解決這件事。

「我了解，但如果事先和我討論一下……」

「唉，根本沒時間和你討論。岡田先生，我相信你也知道，那些做保險的業務阿姨有多厲害。」

修一當然知道。他投入保險業第三年，經常遇到資歷比他淺的家庭主婦接連簽下新的保單，轉眼之間，業績就超過了他。她們那種一鼓作氣，戰無不勝的氣勢或者說強勢的態度，讓修一自嘆不如。修一的女兒也有在上補習班，但他完全不打算向女兒補習班的老師推銷保險。

「而且保險費也大幅降價，所以很難不心動啊，每個月比你們公司便宜一萬四千圓。」

「這是因為……」

修一說到一半，沒有繼續說下去。他知道自己很惱火，在這種情況下，根本不可能順利溝通。自己並不是來這裡找人吵架的。

如果想要保費便宜，修一的公司也可以設計出便宜的方案。修一之前在設計保單時，是認真為朝倉的未來和將來必需的保障著想，更何況朝倉當初說「我不想買消費型保單，儲蓄型保單比較好」，拒絕了保費便宜的方案。也就是說，完全是在朝倉同意的情況下簽下那份保單。

修一得知保費金額和對方公司的名字後，立刻猜到對方是用怎樣的話術成功說服朝倉變更保單，也知道改成了什麼內容的保險。正因為這樣，他強烈地想要提醒朝倉，但因為他向來堅持在推銷時不說其他保險公司壞話這個原則，所以硬是把話吞了下去。

「朝倉主任，如果你對保險的要求有所調整，敝公司的保費也可以便宜……」

朝倉一臉為難的表情制止修一繼續說下去。

「岡田先生，真的很抱歉，上課時間到了。我已經變更了保單內容，並不打算再次變更。我們在做生意時也很重視緣分，所以不可能和學生家長交惡。我相信你應該能夠了解，其他老師的狀況也一樣，很抱歉，感謝你至今為止的熱心服務……」

朝倉說完這番話後鞠了一躬，從椅子上站了起來，似乎希望這件事到此為止。

修一原本還想繼續爭取，但最後還是放棄了。

雖然為了逃離脇屋的斥責離開了辦公室，但一開始就知道沒戲唱了。修一也很清楚，當客戶解約後，即使厚著臉皮上門拜託，客戶也不可能說：「原來是這樣，那我還是向你買保險」這種話。

「我了解了。雖然很遺憾，謝謝你這段日子的提攜，如果有什麼需要我協助的，請隨時和我聯絡。」

修一盡可能心平氣和，努力擠出笑容說。對方當然不可能和他聯絡，即使有朝一日真的打電話來，修一仍然在保險業界打滾的可能性也微乎其微。

朝倉露出鬆了一口氣的表情。

走出補習班，修一重重地嘆了一口氣。

天氣很好，但馬路溼了。剛才下過雨了嗎？

放在胸前口袋的手機剛才震動了好幾次。原本以為是脇屋打來的，一看是妻子優子的電話。修一心煩意亂地接起了電話。

「什麼事？……我正在工作……」
優子不理會他，自顧自對他說：
「你忘了嗎？今天要去學校談夢果（YUMEKA）的事。」
優子的聲音也很煩躁。修一慌忙看了下手錶。優子曾經對他說，校方要求家長去學校談一談夢果的事，希望他可以一起去。雖然他早就把這件事忘得一乾二淨，但一瞬間不加思索地說了謊。
「我當然記得。雖然記得，但我在上班，怎麼可能中途翹班？」
「我當然知道，只是希望如果你沒辦法去，至少打一通電話告訴我。如果你沒時間，我就自己去。」
修一小聲咂著嘴，以免被電話彼端的優子聽到。既然這樣，一開始就不要說什麼「希望我一起去」，說「自己去」就好了。
「那妳就去了解一下情況。」
「好。對了，旅行的錢匯了嗎？」
修一張口結舌。

「不……還沒有。」

「要記得匯錢，如果下個星期還不匯錢，名額就會被取消了。」

「啊啊，有一件事……」

「什麼？」

「不，沒事，那就拜託妳了。」

優子很期待初次的巴黎旅行，雖然很對不起她，但現在和當初規畫旅行時的狀況不一樣了。原本打算用來支付旅費的錢都要還給公司，不，要還給公司的錢是旅費的好幾倍。

修一想到要怎麼向優子解釋，心情就很沉重。

他大致可以猜到學校找家長去談什麼。新學期開學後不久，女兒夢果就沒有再去學校。

修一又看了一眼手錶。如果搭計程車，應該可以趕到學校，只是會晚二十分鐘左右。也許趕得及去露個臉。修一看向馬路上的車流，剛好看到一輛計程車從後方大約一百公尺處駛來。修一舉起手，但計程車卻在前面路口左轉離開了。

「哼。」

修一決定走去車流量大的大馬路。他必須在走向大馬路的同時打一通電話。剛才接優子的電話時，手機螢幕顯示還接到了另一通電話，是在老家獨居的母親民子打來的。

年邁的母親只在有什麼情非得已的理由時，才會主動打電話給他。雖然不知道母親找自己有什麼事，但他知道至少不是什麼開心的事。

然而不搞清楚母親找自己有什麼事，內心一直提心吊膽會對精神健康產生負面影響，於是他立刻點了手機螢幕，撥打電話回老家。

電話響了很多次鈴聲，像往常一樣，遲遲沒有人來接電話。

目前這個時間，母親應該在廚房張羅一個人的晚餐。修一的腦海中浮現了老家的樣子。

母親聽到電話鈴聲，應該會用掛在流理臺下方門把上的毛巾擦乾手上的水，然後才走去電話旁。母親最近說膝蓋痛，所以需要花一點時間。

修一在紅燈前停下腳步，看到周圍的人都邁開步伐，這才發現斑馬線上的號誌燈變成了綠燈。

走到斑馬線中途時，民子才終於接起電話。

「你好，這裡是岡田家。」

隨著時代的改變，常識也會發生變化。修一小時候，母親民子教導他，接電話時報上自家姓氏是禮貌，但是現在即使打電話去別人家裡推銷保險，也沒有人會在接起電話時，就報上自己的姓名。因為電話會顯示來電號碼，如果是不認識的人，沒必要提供個資給對方，因為搞不好是專門針對老人下手的詐騙集團。如今已是這樣的時代，每個人都對個資格外謹慎，難以相信以前電話簿上會有所有人住家電話號碼這種事。

「媽媽，之前不是已經提醒妳，不知道是誰打電話來家裡，所以不能報上岡田的姓氏嗎？」

兒子向母親傳授和以前完全相反的做法。

「喔，對喔。」

民子不以為意地回答。

「找我有什麼事？」

「沒有啦，我只是在想，不知道你暑假時，能不能回家裡一趟？」

修一還沒有告訴母親，原本一家三口打算暑假時去巴黎旅行，但這次旅行恐怕得取消了……。

「暑假？現在還沒決定怎麼安排，最近很忙，根本沒有時間想這些事。有什麼事嗎？」

修一懶得說明，隨口敷衍著。

「那就等你比較有空的時候再說。之前你爸葬禮的時候，你也來去匆匆，根本沒時間和你說話。我想找機會和你好好聊一聊以後的事……」

修一的父親政史半年前突然離開了人世。政史並無任何宿疾，原本以為他身體很健康，結果突然發生這種事，讓修一很震驚，但民子也同樣感到措手不及。

政史去世一、兩年前開始，修一每次有事打電話回家，在掛電話之前，政史總是問他：

「你什麼時候有空回家？」

自從政史開始問這個問題之後，修一始終都沒有回家和父母見面。

早知道那時候應該擠出時間回家。如果聽說父母生病，或是身體狀況不佳，自己應該就會回去，但父母完全沒有問題，身體也很健康，所以就以工作太忙為由，直到最後都沒有回家。

修一心目中的政史，並不是那種會滿心歡喜地期待兒子回老家的人。這麼一想，就覺得政史那麼關心自己什麼時候可以回老家這件事，可能是內心有什麼預感，只是事到如今，也已經無從確認了。

政史去世時，剛好是年底最忙的時候，修一當時也急得像熱鍋上的螞蟻，必須再簽幾張保單才能度過難關。現在回想起來，那時候的情況並沒有比現在嚴重，也許回去參加葬禮時不必急著趕回來，只不過當時一心想著趕快回來工作，所以就在守靈夜趕到殯儀館，晚上住在飯店，隔天參加完葬禮後，就馬上回了東京。

「要不要多住幾天？」

民子當時這麼問他。

「最近工作特別忙。」

他草草回答，匆匆離開了殯儀館。

修一的老家在鄉下地方的商店街開了一家文具店，全家人都住在店面的二樓，所以房間不太充足。如果只有修一回家也就罷了，但一家人都回去時，就沒有足夠的空間讓優子和女兒夢果也睡在家裡，結婚之後，即使回家探親也都住飯店，所以那天也一樣，事後回想起來，那天甚至沒有回家一趟。

「以後的事？」

修一不耐煩地問。

「什麼事？不能在電話中說嗎？」

民子笑了笑，支吾搪塞說：

「也不是不行……只是不方便在電話中說，所以等你下次回家的時候……」

修一看著手錶。他沒時間和民子一直聊下去，但民子仍然慢吞吞地說個不停。修一毫不掩飾內心的煩躁，打斷了民子不得要領的話。

「我和優子討論一下，決定之後再通知妳。」

「好，不必太勉強。最近工作怎麼樣？還順利嗎？」

「很好啊，妳不必為我擔心。」

「要多注意身體。」

「我知道……我正在忙，那就先掛了。」

「好，對不起啊。」

修一掛上電話後，腳步更加沉重了。

老家門口的馬路改成拱頂商店街時，父親繼承了祖母開的「岡田文具店」，店名也改成了「岡田精品小舖」。那時候修一剛上小學。

自從除了文具以外，店裡還兼賣熱門動漫周邊商品後，就沒有人再認為那是一家文具店。店內總是擠滿年輕的中學生或是高中生，即使是非假日，一到放學時間，店內就人滿為患，擠得水洩不通。當時父母最大的煩惱，就是店內的商品經常遭竊，和學生在店門口停滿腳踏車，引來路人抗議。這兩大問題始終無法解決。

雖然是鄉下地方的小城鎮，但商店街的拱頂下總是活力洋溢，修一老家的文具店一帶更被稱為「整個城鎮內最值錢的黃金店面」。

政史每次喝酒，就用手掌揉著修一的頭說：

「你以後想做什麼都可以，這裡無論做什麼生意都穩賺不賠。」

那時候，修一為父親很會做生意感到驕傲，同時很感謝父母為自己這個兒子準備了如此理想的環境。

並不是只有修一的父母這麼對他說，同一條商店街上的小孩子都認為「只要繼承老家的生意就可以荷包賺滿滿」，每個人內心都對家業的生意感到驕傲。但大部分的人都沒有立刻繼承家業，而是先去大城市工作。因為父母都希望孩子去大城市見識一下，修一和商店街的其他小孩子內心都覺得「反正遲早要繼承家業」。

然而，從小一起長大的玩伴中，沒有任何一個人迎接了這樣的未來。

忘了是在修一讀大學的時候，還是大學畢業，進公司上班之後，他已經記不太清楚了，反正很適合用「猛然回過神」這幾個字來形容。當他猛然回過神時，發現商店街已經活力不再。

父親政史最了解生意一落千丈的分水嶺，修一在大三那年春天回老家時，政史喝酒時說的話，已經變成了「修一，你要在大城市好好努力，千萬不要回來這種地方。」修一至今仍然無法忘記政史當時悲傷的臉。

過了分水嶺之後，店裡生意嚴重衰退，簡直慘不忍睹。修一每年回家探視時，就看到有一半的商店拉下了鐵捲門，路上的行人減少了一半。政史的臉上失去生意人表情的速度，似乎也和客人的減少成正比。

「岡田精品小舖」在修一求學期間生意興隆，在修一畢業踏上工作崗位的同時，生意就每況愈下，幾年之後，文具店的歷史就畫上了句點。

以前擠滿年輕人的「岡田精品小舖」正式歇業後，商店街就變成了名副其實的「鐵捲門街」。

前後三十公尺都沒有任何一家店開張營業，巨大的變化令人不敢正視，忍不住懷疑這裡難道就是以前被認為是最佳黃金店面的地段嗎？修一之所以很少回老家，也和每次看到這片冷清景象，內心就坐立難安的感情不無關係。

政史去世之後，母親民子獨自住在店面的二樓，一樓仍然維持剛歇業時的樣子，除了清理了庫存以外，展示櫃之類的東西都維持原貌。

以前無論下雨還是下雪，只要走去商店街，幾分鐘內就可以買到各種商品的夢幻地點，如今變成了生活很不方便的環境，無論下雨還是晴天，民子都必須開車去遠處的大型超市採買，而且修一覺得差不多該思考母親的年紀是否還能夠繼續開車的問題了。

只要民子身體健康，問題還不大，萬一她生病，要由誰、如何照顧她？而且之後該怎麼處理老家的房子？以前曾經是人人稱羨的黃金地段，如果那棟房子根本沒人要買，到底該怎麼處理？……修一不知道答案。雖然知道必須思考這個問題，但總是努力不去想。因為目前該如何過好自己的人生就已經夠煩了，根本無暇思考老家的問題。

然而，在接到母親的電話後，就不得不開始思考。就好像蛀牙雖然已經不痛，只是愈不趕快處理，狀況會愈糟，有朝一日，必定會疼痛難忍。他也知道必須趕快處理。

修一用力嘆了一口氣。

光是工作的事，他就不知道該如何處理了，還要煩惱女兒的事、夫妻的事、母親的事和老家的事……每一件事，他都不知道該如何是好。

他的腦袋快爆炸了。如果獨自在家，他一定會用力抓頭，但在人來人往的大街上，當然不可能這麼做。

他把臉皺成一團，努力克制著快哭出來的情緒。

「……為什麼就我這麼倒楣？」

他自言自語。

就在這時。

修一發現有一輛計程車駛向自己，他下意識地舉起了手。計程車閃著雙黃燈駛到路旁，優雅地停在修一面前，隨著「啪答」一聲悅耳的聲音，後方的車門打開了。

修一坐進車內。車上有一種懷念的味道，那是民子在老家巴掌大的後院種的薰衣草香味，也是民子喜愛的花。

「呃……」

修一必須回想自己攔計程車的理由。剛才情不自禁舉起了手，但因為太多事在腦袋裡打轉，所以還無法理出頭緒。

他從後視鏡中和司機四目相對。

乍看之下，會以為是高中生的年輕司機面帶微笑問：

「是不是先去你女兒的學校比較好？」

「啊啊，沒錯沒錯，你說對了，那就拜託了。」

修一慌忙回答，但隨即感到全身起了雞皮疙瘩。

「你……」

修一正想開口時，計程車駛了出去。

轉運者

計程車出發後，一路順暢地行駛在路上。
雖然修一沒有告訴司機目的地，但計程車似乎正駛向夢果的學校。
修一從後視鏡中看到司機的臉，發現自己並不認識他。
「我們並不認識，他為什麼知道我女兒讀哪一所學校？」
「他為什麼知道我要去哪裡？」
雖然他有滿腹疑問，但發生離奇的事時，一時不知道該從何問起。
他看向副駕駛座前方的司機名字。
「御任瀨卓志。」
上面寫的這個名字，發音竟然和「包滿意計程車」一模一樣，怎麼可能有計程車司機叫這種名字？這一定是惡作劇。他只是剛好猜中我「要去女兒的學校」而已，但他明明不知道學校在哪裡就開車，想必開了一段路之後就會問：「請問你要去哪裡？」必須在司機獅子大開口之前下車才行。
「司機先生，請你停車。」
司機從後視鏡中瞥了修一一眼。

「為什麼？」

「不要問這麼多，你停車就對了。你八成打算在街上繞圈子，然後要我付一大筆車錢。」

「啊？什麼意思？」

司機似乎並不打算停車，邊開車，邊從後視鏡中看著修一的臉。

「如果不趕快，你會趕不上和你女兒的老師面談喔！」

修一正打算喝斥司機「停車！」忍不住倒吸了一口氣。

「你為什麼連這件事也知道？」

修一滿臉訝異，凝視司機的臉。

「從事這一行多年，就會知道上車的客人該去哪裡。岡田先生，雅中學就是你目前該去的地方。」

怎麼可能有這種荒唐事？從來沒有聽過有人當計程車司機多年，就可以知道客人想去的地方。雖然不可能有這種事，但司機剛才說的那所學校，的的確確就是女兒就讀的中學。只有對自己家庭狀況非常了解的人，才會知道這種事。

而且……他叫我岡田先生？修一發現他竟然連自己的名字也說中，不禁對眼前這個年輕人感到害怕。

「你到底是誰？」

「啊？」

司機回答的聲音有點破音。

「我是誰？當然是你的司機啊。」

司機帶著笑意回答。

不知道是否號誌燈連結得太好，計程車一路暢通，完全沒有停下來。

「我知道了，原來是優子！」

修一忍不住喃喃自語。

優子可以透過GPS功能，從手機上看到修一目前所在的地點。

剛才通電話後，優子就叫了計程車，要求計程車前往修一目前所在的位置。預約時用了「岡田」這個姓氏，同時指定目的地是「雅中學」。果真如此的話，修一舉手攔下計程車時，司機應該會向他確認：「請問是岡田先生嗎？」然而除此以外，修一實在想不出任何理由，可以解釋目前的情況。

「是我太太叫的車嗎？」

「你真愛說笑，剛才不是你自己舉手攔車的嗎？」

「那你為什麼知道我的名字？為什麼連我想去的地方，和我女兒學校的名字都知道？」

「你問我為什麼……有些事沒辦法解釋。」

司機露出無奈的表情抓了抓頭。

「你會驚訝也很正常，但我只能說……該知道的就會知道。」

「我怎麼可能接受你這種唬爛的說法？」

修一心浮氣躁地頂了回去。

「我能理解。」

司機苦笑起來，計程車繼續在路上行駛。

「話說回來，司機的工作並不是要向客人說明，為什麼會知道客人想去的地點，而是把客人安全送達目的地，所以即使我無法接受也沒關係。而且這個世界上，並不是所有的事都能夠用言語來解釋，所謂大千世界，無奇不有。」

司機看起來不像是壞人，不如先閉嘴，乖乖坐在後車座就好。雖然他閃過這個念頭，然而愈思考眼前的狀況，愈覺得心裡發毛。

他不經意地看向計費表。

計費表上竟然顯示「69,820」。

修一猛然坐直了身體，抓住副駕駛座的座位，探出身體。

「喂！你果然是騙子，好像偵探一樣，把我的狀況調查得一清二楚，然後獅子大開口，要我付這麼離譜的金額……」

修一大聲喝斥的瞬間，發現計費表上的數字變成了「69,730」。

「啊？怎麼回事!?剛才……」

「你對著正在開車的司機耳朵大吼，很容易出車禍。請你坐好，而且最近嚴格要求乘客坐在後車座時，也要繫好安全帶。請你繫上安全帶。」

「這種事根本不重要，重點是金額為什麼這麼離譜？而且我剛才看到數字減少了，這到底是怎麼回事？計費表壞了吧。」

司機瞥了一眼計費表，面帶微笑說：

「你說這個嗎？它並沒有壞掉。」

「是嗎!?這輛車到底是怎麼回事？我不想多說了，讓我下車。」

司機用力吐了一口氣說：

「真是拿你沒辦法。我會向你解釋，你可以先冷靜嗎？請你先繫好安全帶，別擔心，到雅中學時，我會讓你下車。」

「即使你這麼說，我也不可能付這麼離譜的……」

「別擔心。」

司機打斷了修一的話，毅然地向他保證。

修一氣鼓鼓地靠在椅背上，抱著雙臂。

他露出「你最好說出讓我能夠接受的合理解釋」的表情，隔著後視鏡瞪著司機。

司機也從後視鏡中看著他，但並沒有開口說話。

修一無可奈何，只好繫上安全帶。

「喀嚓。」

司機聽到這個聲音，露出開朗的表情道謝說：

「謝謝。」

不知道他是為修一繫上安全帶道謝，還是為修一打算聽他解釋，反正就是其中一個理由。

「我會繞一下圈子。」

「什麼？」

「不，我不是說開車會繞遠路的意思，而是指說話會繞一下圈子。」

「喔，沒關係，反正你要向我說清楚。」

修一仍然抱著手臂說。計費表的數字變成了「69,640」，數字的確在減少。

「呃……要從哪裡開始說起呢？」

司機露出沉思的表情，將車子左轉。當左轉的車子重心穩定後，司機問：

「岡田先生，請問你運氣好不好？」

「運氣？你為什麼要問這個問題？」

「你先別問，就請你告訴我，你算是運氣好的人，還是……」

「哼，人生不如意事十之八九，好運與我的人生無緣，衰事倒是不少。」

「是嗎？我的工作，就是為像你這樣的人改運。」

「那是怎樣的工作？」

「我是……司機（司機的日文漢字為運轉手）。我一開始不是就說了嗎？我是你的運轉手。」

修一愈聽愈糊塗。

「你的工作是把我的運氣變好？我更加聽不懂你在說什麼了，你不是司機嗎？司機的工作不就是開車把客人送去他想去的地方嗎？」

「不是的，運轉手雖然代表司機的意思，但還隱含了另一層意思，其實我是扭轉運氣的轉運者，所以我並不是開車去你想去的地方，而是帶你去可以為你人生帶來轉機的地方。」

「你不載我去我想要去的地方，而是帶我去你認為可以為我改運的地方，那不是多管閒事嗎？」

「即使你這麼說……但這就是我的工作。沒關係，即使你一開始無法了解，但很快就會知道了。你看，雅中學快到了。」

「啊？」

修一忍不住看向窗外，計程車的確行駛在熟悉的街道上。

從他攔計程車的地點到女兒的學校開車大約四十分鐘，轉眼之間，就已經開了四十分鐘了嗎？

司機把計程車停在校門口，打開了後車座的門，轉過頭，面帶笑容對修一說：

「及時趕到了。」

計費表上的數字是「69,370」。

「不用說你也知道，我可不打算付這麼多錢。」

修一指著計費表說。

司機露齒微笑說：

「我知道，在這個數字歸零之前，你可以無限次搭乘。」

剛才始終表情凝重的修一終於放鬆了臉上的肌肉。

「什麼？你的意思是我不用付車錢嗎？」

司機用力點了點頭說：

「你快去吧！否則我剛才一路飆車趕路就失去了意義。」

修一看著手錶，距離約定面談的時間還有五分鐘，所以計程車只花了十分鐘就到了這裡。

「啊……好。」

修一下車之後，仍然擔心是不是真的不需付錢。計程車後車座的車門「喀答」一聲關上後，計程車揚長而去，然後轉過街角不見了。

修一為自己遇到的離奇狀況感到不知所措，但還是邁步走向教室。

「那傢伙到底是怎麼回事？」

夢果升上中二後，開始不去學校，也就是所謂的拒學。以前讀小學時，她每天出門上學前，都會很有精神地說：「我出門了。」上了中學後，就愈來愈看不到她這樣的身影。雖然無法再看到她高高興興上學的樣子，但在一年級時，她仍然堅持每天去學校上課，沒想到升上二年級後，經常說：「我頭痛」，然後就向學校請假。

是不是和同學相處不愉快？還是遭到霸凌……雖然曾經試著向她了解情況，但似乎並非如此，她就只是單純「不想去學校」，所以就在家休息。

不知道是不是修一太死腦筋，他覺得怎麼可以因為這樣的理由就不去上學？但好像班上還有其他同學也一樣。原本以為不去學校，無法和同學見面會很無聊，但好像也並沒有這種問題。現在只要有智慧型手機，即使不去學校，同學之間仍然可以保持聯絡。

修一和優子都要上班，早上就出門了，所以不知道夢果不上學時在家的情況，但從回家時看到她的樣子，也能猜想到她大概從早到晚都在家無所事事滑手機。

然後等到隔天早晨，她又說：

「我頭痛，不能去學校。」

有一次，修一對她說：

「我知道妳頭痛，但只要認真為將來著想，稍微忍耐一下，也該去學校上課。」

「你不知道我的頭多痛，才會說這種話。」

夢果不耐煩地把頭轉到一旁反駁，然後拿起手機，躲進了自己的房間。修一雖然很想和她好好談一談，但他必須出門上班，所以那次之後，也一直沒機會和她好好聊聊。妻子優子雖然是計時工，但擔任小主管，不能輕易請假，所以也沒辦法觀察夢果的情況。夫妻兩人都很希望夢果去學校上學，卻又不知如何解決這件事。

「如果妳整天玩手機，我會沒收。」

之前曾經這樣提醒夢果，但夢果回答說：「我根本沒碰手機」，因為完全不知道她白天在家的情況，所以只能閉嘴，但總不能在家裡裝監視器，監視女兒的行為。

最後，修一和優子在女兒的問題上沒有採取任何具體措施，只有夢果「拒學」的事實日益發展、逐漸成形。

「叛逆期。」

一言蔽之的話，就是這麼一回事。

夢果的班導師東出雖然說「請家長來學校面談……」，但似乎並沒有特別想要和家長討論的話題，只是打聽了夢果在家裡的情況，同時要求父母告訴夢果，如果可以，最好努力來學校。整場面談中，自始至終都在說這些乏善可陳的話，根本稱不上是建議。

老師始終面帶笑容。他看起來朝氣蓬勃，聽夢果說，他有一個年幼的女兒，所以年紀大約在三十歲前後。雖然並不會令人產生壞印象，但從他談話沒有任何深入的內容，猜想他只是為了表示「身為班導師，我做了該做的事」，而安排了這次面談，修一很快失去了認真和老師討論夢果的意願。

「這些話完全可以在電話中說，需要家長特地在上班時間抽空來學校嗎？」

明明是在討論女兒拒學的問題，但東出滿面笑容打聽女兒的事，也讓修一覺得他似乎在表示「我沒有任何責任」，結果就愈想愈氣。

修一當然不打算把責任推卸到老師頭上，但仍然覺得身為女兒的班導師，不該把責任推得一乾二淨。修一之所以沒有把這種想法說出口，是因為覺得這樣似乎在遷怒他人。

問題是既然約了家長到校面談，就該說一些有實質意義的話。修一內心產生這種想法後，就露出了不耐煩的表情。優子敏感地察覺了他的想法，為了化解尷尬的氣氛，突然變得健談起來，談話的內容也愈來愈不痛不癢。

「總之，只能持續觀察，努力設法改善。」

從面談開始的三十分鐘後，終於得出了這樣的結論。

「連結束的時間都完全符合原來的安排。」

修一臨別時，甚至覺得沒必要微笑向老師道別。從椅子上站起來後，立刻準備走出教室。

東出在背後對他說：

「聽說爸爸是在上班時間抽空過來，真的很抱歉。」

東出在說話時鞠了一躬，但修一沒有回答他的問題，只是微微欠身，冷冷說了一句：「謝謝。」就走出了教室。

優子滿臉歉意地向東出道謝後走出教室，小跑著追上了修一。

「喂，你怎麼了？」

優子語帶責備地問中途突然面露不悅的修一。

「……」

修一沒有吭氣，快步走在走廊上。

「你為什麼突然心情不好？」

優子不肯罷休地繼續追問，修一停下腳步，轉頭看著她說：

「我可沒有時間來聽這種無關緊要的廢話。我還在上班，特地把我找來，我還搭計程車一路趕過來，結果竟然聊這種根本可以在電話中說的事。」

「也許是這樣，但老師也是希望能夠解決問題，所以才抽時間……」

「我可不覺得，更何況我根本沒這種閒工夫。」

修一愈說愈大聲。

因為下個月的薪水會扣除二十張保單的保費佣金，而且還必須歸還之前領到的十個月佣金，今年的獎金沒指望了，必須在下個月的發薪日之前，盡可能多簽一張保單，努力減少損失，根本無暇在這裡浪費無謂的時間。

優子當然不了解這些狀況，也搞不懂修一為什麼這麼心浮氣躁，但被修一氣勢洶洶的態度嚇到了，沒有再說話。

「總之，我要回去上班了。」

修一說完，轉過身，再度快步走了起來。

他知道自己必須好好向優子說明目前的狀況，但也許在下個月的發薪日之前，能夠奇蹟似地簽到足以彌補這次解約損失的保單，這麼一想，就覺得等到正確了解下個月薪水金額之後再告訴優子也不遲。

不，冷靜思考之後，就知道比賽已經結束了，必須早日把事實告訴優子，除了旅行的事以外，還必須討論日後的生活問題。

然而，修一沒有勇氣這麼做。這就和不願面對問題，希望「這一天永遠不會到來」的小孩子沒什麼兩樣。

修一獨自穿越操場，絞盡腦汁思考到底該怎麼辦。只不過無論再怎麼苦思冥想，都不可能想到任何妙計。已經無計可施了，只能好好努力。

「努力？」

他甚至開始搞不清楚這兩個字。

「我很忙，根本沒時間做這種事。」這麼說的他雖然衝出了學校，但現在要做什麼？要去哪裡？又要為什麼努力？如何努力？……他完全沒有頭緒。

集點卡

脇屋在朝會時始終悶不吭氣。

修一走進辦公室時，當然曾經主動向他打招呼，但他也只是靜靜地應了聲「早安」。

他面無表情，又似乎在思考該對修一說什麼，該如何表達。

修一無法繼續留在辦公室，朝會一結束，就離開了辦公室。

「他很努力爭取遭到取消的保單，哪怕只有一張也好。」

他有點期待別人會這麼看他。

「我去拜訪客戶。」

他離開辦公室時，瞥了脇屋一眼。

「路上小心。」

其他人像往常一樣對他說，但脇屋沒有看修一一眼，低頭看著桌上的資料。修一慌慌張張地離開辦公室，在搭電梯時思考的迫切問題是——

「等一下要去哪裡？」

雖然他衝出了辦公室，但並沒有想好該去哪裡。他來到大門口也沒有想出答案。

才上午九點多，柏油路就冒著熱氣，他差一點暈眩。今天恐怕又是一個酷暑天。

修一準備走向車站的瞬間，發現有一輛計程車朝向自己駛來。

「不會吧？」

雖然他這麼想，但他明明沒有舉手攔車，計程車就在他面前停了下來，後車座的車門打開。他隔著車窗看到了司機的臉。就是昨天的司機，修一記得他叫御任瀨卓志。

修一猶豫了一下。昨天下車之後發生了太多事，他也就忘了這輛計程車的事，但想了一下之後，就覺得整件事簡直太匪夷所思了。既然這輛計程車再度停在自己面前，司機顯然在跟蹤自己。

修一把腦袋伸進敞開的車門問司機：

「你是不是要我付昨天的車錢？」

司機出聲笑了起來。

「我才不會說這種話，我不是向你說明了嗎？在計費表歸零之前，你可以無限次搭乘。趕快上車吧！」

修一看了計費表。

「69,370」

雖然他並沒有特別記下這個數字，但看到之後，立刻想起和昨天下車時的數字相同。

「你叫我上車，你知道我要去哪裡嗎？」

修一問了這個促狹的問題。司機昨天說，開計程車多年，會知道上車的人該去哪裡，而且修一什麼話都沒說，他就開車前往夢果就讀的中學。但是，修一今天連自己都不知道想去哪裡，計程車卻停在他面前，到底要帶自己去哪裡？

「和昨天一樣，我會帶你去你該去的地方。」

司機不加思索地回答。

聽到「帶你去你該去的地方」這句話，修一內心深處湧起了難以抗拒的衝動。老實說，雖然他衝出了辦公室，但正在為不知道該去哪裡而發愁。修一忍不住坐進了後車座。

「我關門囉！」

司機說話的同時，聽到「啪答」一聲沉重的聲音，車門關上了，計程車駛了出去。修一從後視鏡中凝視著司機的表情，司機看起來並沒有緊張，神情自若地開著車子。

「你怎麼知道我在這裡？」

修一狐疑地問。

「沒為什麼，我上次也說了，因為我做這份工作很多年了，當然知道你在這裡，因為我是專家啊！」

司機輕輕笑了笑。

修一覺得他答非所問，但恐怕無論問什麼，都無法聽到令人滿意的答案。修一深深嘆了一口氣。

「咦……該不會……」

從後視鏡中看著他的司機問。

「該不會什麼？」

修一心煩意亂地反問。

「昨天見到我之後，沒有覺得運氣變好嗎？」

「啊？」

修一忍不住回想起司機昨天說的話。

「我是扭轉乘客運氣的轉運者，所以我並不是開車去你想去的地方，而是帶你去可以讓你運氣變好的地方。」

司機的確這麼說過。修一冷笑一聲說：

「我已經忙得焦頭爛額，還載我去那種地方浪費時間，哪有讓我運氣變好？雖然趕上了面談的時間，但根本是白跑一趟。那些話在電話中就可以說了，特地找我們去學校，愈聽愈不耐煩……」

「唉……我就知道。」

司機誇張地拍著方向盤，突然大聲說道：

「我昨天就有一種不祥的預感，就猜到會有這樣的結果。」

「你在說什麼？」

「你怎麼可以不耐煩呢？」

年輕的司機看著後視鏡，苦笑著說，修一忍不住感到生氣。

「你懂什麼！」

修一粗聲說道，司機不以為意，繼續說了下去。

「我當然懂啊。成為你生活來源的二十份保單解約，下個月開始，薪水要扣除這些保費的佣金。不僅如此，之前作為薪水支付給你的十個月保費佣金也要歸還，將會持續從獎金和薪水中扣除。同時，你女兒拒學，而且正值叛逆期，根本不聽大人的話，你太太根本不了解這些狀況，滿腦子都想著期待已久的巴黎旅行。你的煩惱已經夠多了，老家的母親又打電話給你，讓你很在意老家到底發生了什麼事。然後被叫去學校聽一些沒有實質內容的話，怎麼可能心情愉快？根本是強人所難。這是不是你目前面臨的狀況？」

「……」

修一說不出話。

他很想問司機：「你怎麼會知道這些事？」但他驚訝得連這句話也問不出來。

「岡田先生，你聽我說，我能夠理解任何人遇到這種狀況，都不可能心平氣和，但我不是已經告訴你，我的工作就是把你帶去為你改運的地方嗎？你人生的運氣會在那裡完全改變，不，原本應該會在那裡改變，但你錯過了那個機會。」

「這、這是怎麼回事？」

修一驚慌失措地問。

「你知道在你走進教室前，你太太比你早一步到教室之後，和東出老師在聊什麼嗎？」

「在聊什麼？難道不是夢果的事嗎？」

司機默默搖著頭說：

「他們在聊你的工作。」

「我的工作？」

「沒錯，你太太說『我先生因為工作關係，沒辦法來參加面談』，於是老師就問：『請問夢果同學的爸爸是做什麼工作？』你太太回答說：『是壽險的業務員』後，老師就說：『啊？那我也想向他買保險。』除了東出老師以外，學校有很多老師都打算重新檢視他們的保單……。幾年之後，這些老師又會調去各所學校，然後又會介紹很多客戶……原本的劇本是這麼走的……」

「等……等一下。」

修一打斷司機，想要整理混亂的思緒。

「你怎麼會知道？」

「我上次也說了，有些事就是無法說明原因……。只要持續做一件事，自然就會知道。就好像在接外野的高飛球，即使問選手怎麼知道從那裡飛過來的球會落在這裡，選手也不是藉由計算，而是憑經驗知道。球的初速度、旋轉、風向、飛出的角度、球棒擊中時的聲音、球棒的哪個部分擊中棒球，還有投手投球的速度，以及打者的肌肉量，各種不同的要素決定了球的落點，這些要素複雜地結合在一起，即使想考慮這些因素，精準地計算落點，也會因為太複雜，沒有人能夠計算出正確答案，即使有再多時間也算不出來，但選手不是能夠憑經驗知道是『這裡』嗎？這是相同的道理。」

司機從後視鏡中看著修一的臉，露出極其為難的表情。修一可能不太理解他的比喻，露出不解的表情。

「總而言之，這是很重要的事，請你不要忘記。人生中，有些時候運氣會發生戲劇化的改變，每個人都有把握住這個機會的天線。在心情愉快時，天線的敏銳度最強。相反地，如果心情不好，天線就無法發揮作用。天大的好運明明近在眼前，卻因為心情惡劣，導致天線完全無法發揮作用，所有的運氣都跑光了，你昨天就屬於這種情況。」

「心情惡劣，運氣就會跑光……」

「對啊。即使身處巨大好運降臨的地方，心情惡劣的人卻無法發現，感到不耐煩，一心只想著趕快離開那裡。所以必須保持心情愉快，尤其我的工作是帶你去可以讓你的運氣好轉的地方，我都帶你去了那裡，你卻心情惡劣，我簡直不敢相信。下次絕對不要再做這種事了。」

「我卻心情惡劣……簡直不敢相信……」

「我再說一次，如果不保持心情愉快，就無法感受到運氣的轉機。整天心情不好的人，即使遇到可以改變人生的大逆轉機會，也會感到不耐煩，希望眼前的一切趕快結束。」

「等一下。」

修一再次說了這句話。

「昨天，和夢果的班導師面談時，只要我保持心情愉快，就可以成為改變我運氣的契機，簽到很多保單嗎？」

「對啊，在東出老師和你簽約之後，在未來的兩年內，少說可以簽下五十份保單，你也會因此成為全公司業績第一名的業務員。」

「在未來兩年內簽五十份保單？」修一冷笑一聲問：「你要我相信會有這種好像電視劇中才會發生的逆轉情節嗎？」

司機重重地嘆了一口氣，搖了搖頭說：

「如果你不想要，當然不勉強，相不相信是你的自由。」

司機似乎感到很受不了，不再說話，開始專心開車。

修一漸漸覺得司機說的話似乎並非謊言，而且這名司機太了解自己了。既然能夠鉅細靡遺地掌握他目前的狀況，即使了解未來的事也不足為奇。所以真的如司機所說，因為自己不耐煩，所以和在夢果的班導師面談之後，與可以接連簽到新保單的機會擦身而過嗎？

「……我不太清楚現在發生了什麼事，但你說的話並不是騙我，對不對？」

修一向司機確認。

「岡田先生，我是轉運者，我出現在你面前，就是為了讓你的運氣變好，說謊騙你有什麼意義？而且……」

「而且什麼？」

「而且就算退一百步來說，即使我說的未來是我的幻想，你覺得臭臉的保險業務員，會有機會簽到新的保單嗎？」

「這……」

修一無言以對。

修一轉職剛進目前這家公司時，曾經向脇屋請教從事保險工作的祕訣。一方面是因為修一對自己是否能夠持續這份工作感到不安，而且和脇屋相處後，一眼就可以看出他很能幹。因為即使他很少出門拜訪客戶，也能夠持續簽下新的保單。不管他做什麼，別人都會主動找他買保險。脇屋就是這樣厲害的角色，因此修一想要向他請教其中的祕訣。

脇屋回答了修一的問題：

「那就是無論任何時候，在任何地方，都要保持開朗愉快，隨時隨地都要做到這一點。」

「就這樣而已嗎？」

修一有點失望地問。

「對，就這樣而已。每個人都需要買保險，所以任何人都有可能成為客戶，但客人並不會在我們想要他買保險的時候來買保險，重要的是，任何人都會在某個時間點想買保險，我們要努力成為在這種時候，讓人想起『我記得他在賣保險』的那個人，所以要隨時隨地保持開朗愉快。」

「好……」

脇屋笑著說：

「看你的表情，似乎覺得應該有更了不起的祕訣。你這麼想也沒關係，但是要做到隨時隨地都保持開朗愉快，並不是一件簡單的事。」

修一的腦海中想起脇屋在說話的同時，仰頭喝著中杯啤酒的側臉。

「你說的沒錯，的確不會有人向臭臉業務員買保險，也許我在那個時間點就已經錯失了機會，結果就變成現在這樣……」

司機似乎覺得剛才有點說過頭了，慌忙用開朗的聲音補充說：

「我能夠理解你的心情，不僅僅是保險業務員，無論從事任何工作，都不會有整天板著一張臉的人獲得成功，相反地，只要保持心情愉快，自己就可以發現運氣好轉的機會。太可惜了……。話說回來，重要的是未來，總之，從下一次開始要保持心情愉快。」

「下一次……？」

這個司機之後也會出現在自己面前嗎？修一思忖著，想起了司機上次對他說的話。

「難道在這個計費表歸零之前，你都一直會出現在我面前嗎？」

「就是這樣。」

「在這段期間，我都不用付錢嗎？」

「就是這樣。」

「為什麼讓我免費搭好幾萬圓的計程車，而且特地帶我去會讓我運氣變好的地方？」

司機從後視鏡中瞥了修一一眼。

「你問我為什麼……我也很難回答，因為這是我的工作。雖然我知道你會很懷疑，但我向你保證，絕對不會向你索取任何東西，所以你放心吧，絕對不會向你收錢。」

「什麼？」

難道是其他人預先支付了好幾萬日圓的計程車費嗎？果真如此的話，到底是誰？修一正想追問，司機又接著說了下去。

「而且……」

修一把原本想問的話吞了下去。

「單位並不是日圓。」

「什麼？」

「是點數。」

「點數？」

「沒錯，你還可以搭六萬九千兩百八十點。」

修一搞不太清楚是怎麼回事，但了解到計費表上的數字並不是以「日圓」為單位，而是「點」，只是這麼一來，更不了解是哪裡來的點數。

修一苦笑著回答說：

「司機先生，從昨天開始聽你說明的情況，但我完全搞不懂，可以請你稍微說清楚些嗎？既然你是專業的計程車司機，讓乘客心情愉快地搭車，不也屬於你工作的範圍嗎？」

司機輕輕點了點頭說：

「你說的有道理。」

說完，他把手伸向副駕駛座，從那裡不知道拿了什麼東西，用左手遞給坐在後車座的修一。司機右手握著方向盤，看著前方繼續開車。

修一緩緩伸出手，戰戰兢兢地接了過來。

「這是……」

那是一張名片般大小對折的卡片，修一覺得好像在哪裡見過，卻遲遲想不起來到底是什麼。卡片上印的圖案很熟悉，但圖案感覺很陳舊，使用的紙張也有種歲月感。是不是哪家店的會員卡或是集點卡？

他打開對折的卡片，終於恍然大悟。

「岡田精品小舖」。

集點卡上印了修一老家的地址和電話號碼，三十個蓋章的空格都蓋滿了。蓋滿三十個章的集點卡可以作為五百日圓的商品券使用，但這張集點卡並沒有使用的痕跡。

「你從哪裡……？」

「就是那家店啊！」

「你不要再開玩笑了，這張卡片是我老家的集點卡，但那家店好幾年前就已經倒閉了，你為什麼會有這張集點卡？」

「我是『轉運』的專家，所以要和你聊聊『運氣』的問題。」

司機沒有回答修一的問題，自顧自說了起來。

「你還記得我昨天問你的問題嗎？」

「啊？」

「你記不記得我問你運氣是好是壞？」

「嗯？喔……我記得。」

修一悵然地回答。

「其實我說了一個小謊。」

「說謊？」

「我昨天說，我的工作是帶你去讓你運氣變好的地方，因為我認為這樣說，你比較容易理解，但其實『運氣』並沒有好壞之分。」

「你說什麼？」

「所以並沒有人運氣特別好，也沒有人運氣特別壞，運氣並沒有好壞之分。」

「怎麼可能有這種事？我整天遇到衰事，運氣好的傢伙無論做什麼，不是都順風順水嗎？」

「哈哈哈。」

司機發出乾澀的笑聲。

「你該不會真的這麼認為吧？」

司機的態度讓修一有點火大，忍不住皺起眉頭。

「你說的那些無論做什麼都順風順水的人，你認為他們什麼都沒做，就接連有好事找上門嗎？」

「這……」

修一愣住了。

「不，我沒這麼想。我只是說，即使同樣努力，有些人就會好事連連，有些人就沒這麼好的運氣。」

「所以你認為自己和那些好事連連的人同樣努力，好事卻沒有發生在你身上嗎？」

「我並不是說我自己，而是在談論普遍的現象。」

「沒這回事。」

司機斷言道。

「岡田先生，你要了解一件事，那就是運氣是後付型的，如果什麼都沒做，就不可能發生好事。沒有集滿點數的集點卡，可以換到東西嗎？任何人都不會期待這種事吧？但是說到運氣，愈是沒有累積運氣的人，就愈期待好運降臨在自己身上。」

修一注視著自己手上的集點卡。

「這張集點卡可以當作五百圓的商品券使用。你知道為什麼嗎？因為已經集滿了點數。難道會有拿到集點卡的瞬間，就可以當作五百圓使用，之後再慢慢集點這種事嗎？沒有任何集點卡可以這樣使用。運氣也一樣，但是許多人在說『運氣好』的時候，完全無視之前有沒有努力，卻期待突然會發生好事。」

「你是說，運氣和集點卡一樣嗎？」

「是啊，運氣沒有『好』、『壞』之分，只有『使用』運氣或是『累積』運氣，所以要先『累積』，在累積到某種程度之後，就可以『使用』。有些人累積了一點點運氣就迫不及待地使用，也有些人累積很多運氣之後才大筆使用，每個人的情況都不相同。無論是哪一種情況，在周圍人眼中『運氣很好』的人，都是先累積之後才使用。」

修一注視著集點卡，咀嚼著司機說的話。

「運氣沒有好壞之分，只有使用或是累積……」

「拿著根本沒有集點的集點卡，卻向店家抱怨無法使用，店家也很傷腦筋。運氣也一樣，很多人明明自己沒有累積運氣，卻說什麼『根本沒辦法使用』、『怎麼好事都發生在別人身上？』」

「你的意思是說，運氣好的人和運氣差的人，雖然看起來同樣努力，但其實運氣好的人之前已經累積了運氣嗎？」

「是啊，在使用之前累積的運氣時，別人就會覺得他『運氣很好』，就只是這樣而已。」

修一眉頭深鎖，抱著雙臂。同意司機的說法，認為「言之有理」的自己，和另一個產生反彈，覺得「誰會相信這種鬼扯？」的自己在內心天人交戰。

修一搖了搖頭，對司機說：

「不，沒這回事，的確有些人的運氣很好，有些人的運氣就是很差。有些人天生好命，過著豐衣足食的生活，然後就一路好命長大；但也有些人無論怎麼努力，都無法獲得回報，運氣真的很差。各種比賽不是也一樣嗎？努力的人未必能夠獲得勝利，有些人比任何人都努力，但最後還是鎩羽而歸。你剛才說的這番話是理想論，但現實沒有這麼美好，像你這種年輕人……」

司機從後視鏡中瞥了修一一眼。修一和他對上了眼，但繼續說了下去。

「你們年輕人都很喜歡理想論，但到了像我們這種年紀，就會深刻體會到這一點。」

司機露出了苦笑。

「我認為這種事和年齡無關，總之，即使很努力，仍然無法獲得回報時，其實是在累積運氣。努力後立刻有結果，或是發生好事的人，只是隨時把累積的運氣拿出來使用而已，並沒有比別人運氣更好。同樣努力，卻沒有獲得好結果的人，只是累積了那些運氣，之後會遇到更大的好事。」

司機說完，把計程車停在路旁，打開了後車座的車門說：

「雖然很想和你多聊聊，但可惜已經到目的地了。」

修一看向窗外，發現外面的街道很陌生。

「這裡是哪裡？」

「是目前的你該來的地方。」

修一看向計費表，上面顯示了「62,130」的數字。雖然他覺得坐在車上的時間和上次差不多，但計費表減少的速度似乎比上次快。話說回來，因為他不需要付車資，所以即使減少的速度比較快，他也沒有什麼好抱怨的。

司機對下車的修一說：

「千萬不要忘記，要保持好心情。心情不好的時候，就會影響把握運氣轉機的天線敏銳度。」

司機說完後，後車座的門關上了。計程車立刻駛了出去。

「哼……多管閒事。」

修一用幾乎聽不到的聲音小聲地對著離去的計程車說。

目送計程車離開後，修一凝視著眼前這棟建築物。

看起來像是昭和年代中期建造的小型商店街，名叫「銀杏街商店街」。修一正站在商店街角落一家「銀毫咖啡店」的店門口。

「這裡是可以改變我運氣的地方……」

雖然整棟建築物的屋齡老舊，但咖啡店還很新。

白色牆壁和藍色木門的搭配令人印象深刻，從整排大窗外可以清楚看到咖啡店內的情況。有兩桌客人坐在小桌子旁，還有一個客人獨自坐在店內正中央的大桌子旁。這家咖啡店的氣氛很不錯。雖然修一並沒有完全相信司機說的所有話，但那個司機的確具備了神奇的力量。就連直接和司機說話時無法虛心接受的修一，在推開藍色木門時，也很希望司機說的真有其事。

「好心情，保持好心情……」他在內心告訴自己。

推門進去後，和獨自坐在右側一整塊木板做的大桌前的客人四目相對。修一不經意地露出笑容，用眼神向他打了招呼。對方也微笑以對。那張桌子可以坐十個人，但目前只有那個客人坐在那裡，他和為他送上咖啡的女店員親切地聊著天，想必是這家咖啡店的老主顧。

坐在後方小桌子旁的那兩組客人，看起來像是家有讀幼稚園或國小年幼孩子的媽媽，坐在她們附近沒什麼意義。修一決定坐在大桌子旁的那名男客附近，但坐在他正對面有點奇怪，於是他避開正對面的座位，選擇了旁邊的座位，也就是坐在那名男客的斜左對面。那名男客看起來三十歲左右，不知道是否在工作，他把點的戚風蛋糕和咖啡推到一旁，正在用筆電打字，店內響起敲打鍵盤的悅耳聲音。

「他會改變我的命運嗎？」

當然也可能是等一下進來的客人，或者是正站著在說話的女店員。如果那個司機的話屬實，現在這家咖啡店內的人，不，也可能是等一下進來的客人，掌握了為自己帶來好運的鑰匙。

「歡迎光臨。」

另一名女店員拿著水和飲料單走了過來。

「呃……請給我咖啡。」

修一擠出最燦爛的笑容，用開朗的聲音說。

「一杯咖啡，對嗎？」

女店員也露出滿面笑容確認了他點的飲料。

「對，麻煩妳了。」

修一雖然不知道該做什麼，但努力保持好心情。他帶著笑容，打量著第一次造訪的咖啡店內。

咖啡店看起來很新，但牆壁、地板和窗框都是老舊廢棄木材的再生利用品，感覺很別緻。每一張桌椅都很講究，也都使用了舊木材，特別有味道。只不過桌椅看起來不像是再生利用的資源回收品，可能是古董家俱。

咖啡店不大，從客人和店員說話的語氣，可以大致猜到店內的情況。剛才端水給修一的女人似乎是這家咖啡店的老闆。

不一會兒，咖啡送到修一面前。雖然咖啡送了上來，但他不知道自己在等誰，也不知道在等什麼，如果只是坐在這裡耗時間，恐怕不會發生任何事。修一決定下次再和眼前的男人對上眼，就主動和對方說話。

果然很快就等到了這個瞬間。因為對方立刻察覺了坐在斜對面的修一在看著他。

「那個好吃嗎？」

修一指著男人面前的戚風蛋糕問。

「……不錯啊。」

男人有點驚訝，但仍然露出客氣的笑容回答。他停下了正在打字的手。

「是嗎？那我也來點一塊試試。」

「……請、試看看。」

男人露出不知道該怎麼回答的表情，笑了笑後，低頭看著筆電螢幕。

「不好意思，可以給我一塊和這位先生一樣的蛋糕嗎？」

修一把頭轉向左側，對吧檯內的老闆說。

「好。」

女人在回答的同時，就立刻動手張羅。

「別人點的東西看起來就特別好吃。」

修一自言自語著，然後觀察著對面那個男人的表情。修一拚命在找和對方聊天的契機，但那個男人只是嘴角笑了笑，立刻忙碌地開始打字，似乎並不希望別人和他說話。

「看來不是他……」

雖然修一閃過這個念頭，但他仍然面帶笑容，保持「好心情」等待戚風蛋糕送上來。

「讓您久等了。」

雖然老闆這麼說，但其實沒等多久，蛋糕就送了上來。

「謝謝。」

他滿面笑容向老闆道謝，對方也笑臉以對。

「所以是她嗎？」

修一立刻用叉子叉起一大口戚風蛋糕放進嘴裡。

「啊呀，真是太好吃了。」

即使不用太大聲說話，聲音也傳遍了安靜的小咖啡店。咖啡店內的所有人應該都聽到了他的感想。

「真好吃。」

他先向吧檯內的兩個女人——老闆和店員說了這句話。

然後又對眼前的年輕男子說：

「真慶幸點了這塊蛋糕，謝謝你。」

兩個女人都露出了笑容，但男人露出苦笑，繼續看著筆電螢幕持續工作。修一對著吧檯內的兩個女人說：

「我是保險業務員，吃過很多咖啡店的蛋糕，這裡的戚風蛋糕真的最好吃。」

修一大聲說道，讓在後方聊天的兩桌客人也可以聽到。

「謝謝。」

老闆坦誠道謝，對他露出笑容，但馬上低頭洗杯子。

後方那兩桌女客人也都沒有反應，眼前的男人仍然看著筆電螢幕工作，整家店內沒有人對修一說的「保險業務員」這幾個字有任何反應。

「呿，我到底在幹嘛……」

修一在內心咂著嘴，腦海中浮現出從後視鏡中看到的司機笑容。

「我竟然上了那個司機的當，在這裡努力討好別人，但根本沒有人對保險有興趣。」

正當他打算趕快吃完蛋糕離開時，入口的門打開了，一個客人走進咖啡店。

「該不會是他……？」

修一的目光追隨著那個客人，那個看起來不到五十歲的男人發現坐在修一對面的男人後，立刻走過去說：

「老師，讓你久等了！」

眼前的男人看到新來的男人打算坐在他旁邊，立刻制止了他，然後起身，一起走向適合單獨談話的小桌子，只剩下修一獨自一個人坐在足以坐十個人的大桌子旁。

就在這時，修一的手機響起來電鈴聲。是脇屋打來的，但他沒有接起電話。公司配發的手機可以根據衛星定位知道員工所在的位置，所以脇屋也知道修一目前在這裡。

「在咖啡店和客人談事情」可以成為不接電話的理由，但無法在這裡坐太久。修一對自己相信司機的話，拚命尋找可以改變自己運氣的機會而感到生氣，覺得自己太滑稽可笑了。

「那傢伙竟然要我，我可沒有這種閒工夫。」

修一起身結了帳，在接過找零的錢時，他問老闆：

「請問這附近有車站嗎？」

老闆露出一絲驚訝的表情，隨即露出微笑說：

「出門後往左走，走到路盡頭就是車站，很快就到了。」

修一走出咖啡店，又從大窗戶看向店內，沒有客人對他產生興趣。

「唉，這裡到底是什麼鬼地方？」

修一心浮氣躁地離開了咖啡店。

幸福種子

修一抵達車站之後，才終於知道那裡是從橫濱車站搭電車往西二十分鐘左右，一個名叫瀨谷的地方。

「竟然帶我來這麼遠的地方……」

修一對那個司機的憤怒在內心漸漸膨脹。

雖然是白天，但車窗外的風景愈來愈暗。前一刻還晴朗的天空烏雲密布，遠處甚至傳來雷鳴聲。恐怕會下雨。他的腦海中才閃過這個念頭，雨滴就打在電車的車窗上。

當他抵達公司附近的車站時，傾盆大雨打在柏油路面上，濺起的水花讓整個路面看起來好像蒙上了一層白色的霧靄，完全看不到行人的身影。車輛也因為視野不佳，行駛的速度和走路差不多。

車站前的計程車招呼站已經大排長龍，等車的人站在一小片遮雨棚下，腰部以下的部分都被雨淋得溼透，等著不知道什麼時候才會出現的計程車。

修一必須馬上回公司，於是在車站內的便利商店買了一把塑膠傘，打開傘後走到路上。短短幾秒鐘，全身就被淋成了落湯雞，那把傘幾乎沒有發揮作用，只有脖子以上是乾的。

「簡直衰透了！」

從車站到公司只有五分鐘的路程，他卻全身溼透，簡直就像穿著衣服沖了澡。

「真是搞不懂他，這種時候不是應該要出現嗎？」

修一忍不住罵道。他當然是罵那個計程車司機，更何況那個司機擅自把自己帶到橫濱的僻地，結果害他必須搭一個多小時的電車才能回公司，最後還遇到這場滂沱大雨。

「全都怪他……」

修一再度出聲說道，但聲音立刻被打在塑膠傘上的雨聲淹沒了。

當他終於衝進公司所在的大樓時，雨才開始變小。搭電梯來到公司所在的六樓時，從電梯廳的窗外看天色，雨似乎已經停了。

「可惡！怎麼會這樣？」

修一來不及讓煩躁的心情平靜下來，就走向辦公室。必須趕快去向脇屋報到，剛才回電話時，脇屋叫他趕快回公司。

「我回來了。」

修一上氣不接下氣，無力地說著這句話走進辦公室，發現脇屋無奈地嘆著氣。

「原本以為有希望簽約，但揮棒落空了。」

「從剛才的電話中，我就知道了，本來打算請你去見另一名客戶，看樣子似乎沒辦法。」

脇屋應該打算介紹修一去找他手上的客戶中，有意願續約的客戶，但修一滿身大汗，而且西裝被雨淋得溼透，即使和客戶見了面，也只會留下壞印象。

「不，我可以去附近買新西裝，換一下衣服就好。」

脇屋搖了搖頭說：

「不，時間來不及了，我自己去就好。」

脇屋說完，拿起皮包站了起來，穿越辦公室，把自己的名牌貼在白板上「外出洽談」那一欄。修一只能眼睜睜地看著他離去。

修一渾身溼透，當然不可能在椅子上坐下。他沒有走去自己的座位，決定去便利商店買毛巾。當他再次來到電梯廳時，看到窗外陽光從雲縫中探出頭，照亮了路上一灘灘水窪。

「事事都和我作對……為什麼會這樣？」

他獨自搭電梯時，忍不住嘆著氣。

有時候無論做任何事都只會帶來反效果，這種時候，就會覺得「這份工作是不是不適合我？」

他自認努力的程度不輸給任何人，甚至覺得自己在工作上比其他同事更認真。有些同事以「拜訪客戶」為由，和朋友出遊、看電影，或是去咖啡店打發時間，為所欲為，只不過同事的業績都比自己更理想。自己這麼認真，無論做任何事都適得其反，但其他同事邊玩邊拉保險，業績卻很好這件事，讓修一感到怒不可遏。如果說，結果決定一切，他當然無話可說，但他無法忍受自己這麼努力，看起來像傻瓜一樣。

他始終認為，只要持續努力，總有一天會獲得回報，所以努力不懈，沒想到大量保單遭到解約，而且還被一個莫名其妙的計程車司機作弄，浪費了上司為自己安排重新站起來的機會。最糟糕的是，只有自己出門在外時下起傾盆大雨，簡直就像是象徵自己的運氣有多差。不要說修一，任何人遇到這種事，都可能認為這是命運在暗示自己辭去目前的工作。

修一把剛買的浴巾從袋子裡拿出來後，把袋子丟進垃圾桶。走出便利商店時，發現那輛計程車敞開了門，停在前方的馬路上。

修一發現自己怒目圓睜。

「這傢伙……」

他氣得衝向計程車。他知道自己情緒可能會失控，於是緊緊握住浴巾，努力讓顫抖的手停下來，然後盡可能慢條斯理地坐上計程車的後車座。

「我說你啊，請你說清楚到底是怎麼回事……？」

修一的話還沒說完，司機慌忙說：

「岡田先生，你全身都溼透了。你不能就這樣坐在車上，請把手上的浴巾墊在座位上。」

「少廢話！」

修一打斷了他的話。

「咦？」

司機看到他的反應，露出了意外的表情。

「你好像……在生氣？」

「當然啊，你可把我害慘了。」

「咦？為什麼？為什麼會這樣？照理說，你現在要對我說『我正在找你，想向你道謝』這句話才對。」

「你還有臉說這種話！你看看我的狼狽樣！看起來像是走運的人嗎？」

司機從頭到腳仔細打量著修一後說：

「看起來……的確不像。」

「你這個人說別人壞話時臉不紅，氣不喘，也不想想是誰害的。」

「這……」

司機關上了車門。

「是我的錯。」

「什麼？」

「這都是我的錯。我害你大量保單遭到解約，我害你簽不到新的保單，我害你失去了上司的信任，我害你被突然下的一場雨淋到，呃……還有其他我害到你的事嗎？啊，對了對了，我害你不敢告訴太太在工作上的挫折，我害你女兒拒學，還有……我害你老家的店倒閉。」

「……」

修一茫然地聽著司機像開機關槍一樣說的話。他從小就這樣，當對方的反應出乎意料時，他就會說不出話。

司機見狀，笑了笑問：

「我這麼說，你就滿意了嗎？」

「你……」

修一想要說話，卻什麼話都說不出。他天生就不是那種一怒之下，可以把對方臭罵一頓的性格。

「岡田先生，你聽好了，在人生路上，絕對不要再說什麼是別人害你如何如何這種話。如果硬要怪罪的話，就怪罪你自己。」

「怪罪我自己？」

「對，沒錯。今天早上，我耳提面命，再三叮嚀你『要保持好心情』，但你現在完全就是『壞心情』。看到這樣不高興的自己，難道不認為是自己造成的結果嗎？」

「我不這麼認為。我聽從了你的建議，努力保持好心情，沒想到上了你的當。我是因為上了你的當，才會感到不高興，在此之前，我都努力想要保持好心情，卻完全沒有發生會讓我運氣變好的事。」

「不可能有這種事，照理說，你應該在那家店裡把握了別人不曾經歷過的美好命運轉機。」

「怎麼可能有這種荒唐事？根本沒有發生任何事。」

「你在那家店內，應該遇到一個男人。」

「的確遇到了一個男人。雖然遇到了，但他對保險完全沒有任何興趣。」

司機雙手捂住了臉，誇張地看著天空叫了一聲：

「啊啊！」

「怎樣？你怎麼了？」

「他不會買壽險，那個男人是知名作家。」

「作家？」

修一想起之後進來的那個不到五十歲的男人稱他為「老師」，他看起來不像醫生或是學校的老師，所以修一當時聽到另一個男人叫他「老師」，就覺得有點奇怪，司機剛才的話，讓他恍然大悟。

「你遇到那位作家之後，開始看他的作品，然後人生就發生了改變，讓你有勇氣辭掉目前的工作，投入新的行業，你之後的人生可說是一飛沖天……」

「等、等一下，你上次不是說，我和夢果的班導師簽約之後，成為業績頂尖的保險業務員嗎？為什麼現在又變成辭掉工作，邁向成功的未來？」

「當然會改變啊，因為你上次錯失了成為頂尖保險業務員的機會，那樣的未來已離你而去。人生有許多不同的機會。」

「我怎麼知道？我還以為……」

「岡田先生，你只要稍微想一下就知道，並不是只有簽很多保單，才能夠為你人生帶來轉機。」

修一上次聽了司機的話後，認定所謂改變人生的轉機是在遇到某個人之後，簽下了很多保單，所以完全沒有去思考司機說的「稍微想一下」這件事。

「不，誰會發現這種事？」

「的確不容易發現，所以我不是告訴你，如果不保持好心情，接收運氣轉機的天線就無法發揮作用嗎？如果你保持好心情，應該就會知道。」

「我的確保持了好心情啊……」

司機搖了搖頭，打斷了修一的話。

「一定沒有，你當時並沒有保持好心情，是不是只是『裝作表現出心情很好的樣子』，一心想要找向你買保單的人？」

「裝作表現出好心情不行嗎？根本沒有發生任何好事，怎麼可能保持好心情？」

「原來要從這裡說起……」

司機用力嘆了一口氣。

「因為說來話長，我們先暫停一下。接下來，我也打算繼續帶你去可以為你改運，改變你人生的地方，但是你似乎並不相信我。如果你願意，我可以把車子停在這裡，然後讓你下車。你要下車嗎？」

修一注視著司機的眼睛，抱著雙臂，陷入了沉默，最後眉頭深鎖，只說了一句：

「去吧。」

「你的意思是希望我帶你去嗎？」

司機向他確認，修一勉為其難地點了點頭。

「我了解了，那我就開車了，但這次的目的地比較遠，所以我們可以聊得澈底一些。這次會讓你的人生運氣發生戲劇化的改變。」

司機打了方向燈，準備開車。

「等一下，即使不去那麼遠的地方，只要你告訴我，今天遇到的那個作家叫什麼名字，不就可以解決問題嗎？因為你不是說，我遇到他之後，看了他寫的書，人生發生了改變嗎？」

「沒辦法。」

「為什麼？」

「因為我不知道。」

「不知道？你的意思是，你不知道那位作家是誰嗎？」

「對，我不知道，只知道會發生這樣的事。岡田先生，你記得那位作家的名字嗎？」

「不，我沒有聽到他的名字。」

司機誇張地聳了聳肩。

「太遺憾了，那我們去下一個地方。」

修一沒有回答，車子開了出去。運氣錯過之後，似乎很難再找回來。修一抱著雙臂，看向車窗外，試圖整理自己的思緒。

雖然開車期間，和普通的計程車一樣，車窗外的風景持續變化，但像之前一樣，在短短的時間內，就移動了現實中不可能的距離。專心聊天後，感覺一眨眼的工夫就到了目的地。修一看著車窗外的風景，司機從後視鏡中看著他說了起來。

「你有沒有看到走在人行道上的那個男人？」

修一看到在人行道上散步的一名老人，他步伐緩慢地散著步，除此以外，完全看不出有任何特別之處。

「那個人很厲害。」

「……」

修一並沒有回答，但司機繼續說了下去。

「他年輕時就喜歡盆栽，他栽培的盆栽曾經囊括各大獎項，一盆要價好幾百萬圓。對面的人行道上不是有一個短髮女人走過來嗎？手上牽著一個小學生左右的小孩，她也是名人。她原本成立了舞蹈社，邀請附近的小孩子參加，後來舞蹈社迅速成長，成為一所有很多學生的舞蹈學校。那所舞蹈學校培養出來的兒童團體也獲獎無數，她現在經常受邀擔任電視上舞蹈節目的講師。」

「看不出來……」

「雖然看不出來，卻是千真萬確。要不要我停下車，你和他們聊一聊？」

「不用了，我對盆栽和舞蹈都沒有興趣。你到底想說什麼？」

「我想要說的是，我們日常生活中擦身而過的人裡，有各式各樣的人，雖然有可能一輩子都不會再遇到，但在擦身而過的瞬間，每個人都經歷了不同的人生，才終於走到今天。在我們的生活中，有許多為我們人生帶來奇蹟的種子。

你今天遇見的那位作家也一樣。如果不是基於對對方有興趣而聊天，他就只是一個男人而已，也不可能了解對方至今為止的人生。大部分人都對其他人至今為止的人生沒有興趣，只想著對方是否會成為自己的客人，是不是能夠為自己的荷包帶來錢財。但是，一旦對對方產生興趣，找到彼此的交集，然後才開始聊天，雙方就不再是『陌生人』。經過多次聊天後，就會變成『熟人』，進而變成『朋友』，甚至可能會成為『恩人』。

所以，如果不了解創造這種契機的方法，所有的運氣都會飄走，甚至無法獲得原本會帶來奇蹟的種子。」

「難道你要說，『保持好心情』就是創造這種契機的方法嗎？」

「是啊。因為走在路上時，你會對看起來心情惡劣的人說話嗎？在咖啡店時，會對悶悶不樂的人說話嗎？無論是問路，還是請人幫忙拍照，不是都會找看起來心情不錯的人幫忙嗎？工作上也一樣，通常都不會請心情不好的人幫忙吧？」

「既然這樣，只要看起來心情好，不是就沒問題了嗎？」

「岡田先生，別人也不是笨蛋，任何人都知道，保險業務員為了提升自己的業績，找新的保險客戶時，不可能板著臉。那並不是真正的心情好，而是為了賺錢努力擠出來的虛偽笑容。」

「每個人都一樣，不可能隨時都保持好心情。」

「的確不可能隨時隨地，一天二十四小時都保持好心情，但你不認為如果一個人的基本態度就是『不高興』，會錯過很多機會嗎？」

「我的基本態度怎麼可能就是不高興？」

司機露出笑容，單手握著方向盤，用另一隻手從懸在後視鏡旁的儀器中拿了什麼東西出來，然後放進儀表板中央的顯示器中。

「現在已經有這麼方便的東西，你知道嗎？」

中央的螢幕中出現了拍攝車內狀況的影像，修一出現在螢幕中。

「這是你搭這輛計程車的情況，最近很多計程車都會記錄車內的影像防止犯罪。」

螢幕上出現了修一昨天第一次搭乘這輛計程車時的影像。修一看到了自己的身影。雖然沒有聲音，但無論怎麼偏袒自己，都沒辦法說自己看起來心情很好。

修一第一次看到拍攝自己的影像，舉手投足比他想像中更加浮躁，感覺有點心神不寧。看起來很神經質，好像驚慌失措的膽小鬼，完全不像是值得依賴的成年人。如果有地洞，修一很想鑽下去。

「我放一下聲音。」

司機說完，把手放在旋鈕上旋轉了一下，立刻聽到司機的聲音和一個陌生的嘶啞聲音。

在昨天的影片中，修一完全沒看到自己露出愉快的表情。緊接著是今天上午的影片。

「夠了。」

修一漲紅了臉說。司機按下停止後，把像是記憶卡的東西放回了攝影機。

「怎麼樣？看了剛才的影片，是否可以發現我很努力在和你聊天？通常不可能有人脾氣這麼好，看到臉這麼臭的人，還帶著爽朗的態度和他聊天。」

修一不得不承認，自己在影片中看起來的確很不高興，所以即使司機這麼說，他也完全無話可說。而且剛才自己在影片中的樣子和聲音，和自己想像中相差太遠，讓他有點受到打擊。

「你或許會認為『你根本不了解我！不要在那裡說三道四』，我能夠理解你工作的事、家庭的事、孩子的事等等都遇到了問題，有一種屋漏偏逢連夜雨的感覺，也知道你很辛苦，但這都是因為你的基本態度『心情差』造成的結果。如果不改變這個根本，即使面臨運氣的轉機，你的人生也不可能改變。

不光是你，這個世界上很多人的基本態度都是『心情差』，只不過當事人並沒有發現。只要去通勤電車上看一下就知道了，但那些人卻都在煩惱『為什麼我無法得到幸福？』

而且這種人永遠都說相同的話，說什麼『我整天遇到倒楣事，怎麼可能心情好！』事實並非如此。基本態度是『心情差』的人無法發現日常生活中的幸福種子，就只是這麼簡單而已。」

修一已經放棄和司機爭辯。他憑直覺知道，比自己年輕很多歲的司機說的話完全正確，最重要的是，根本沒必要駁倒眼前的司機。如果有方法可以改變眼前的狀況，他簡直求之不得。

修一重重地嘆了一口氣。

「我知道了。你說的沒錯，我的基本態度就是『心情差』，只是我之前沒有發現而已，但是要怎樣才能夠保持好心情呢？」

「就是暫時放下利害得失。」

「放下利害得失？」

「對，沒錯。當你覺得對自己有好處時，就會採取行動；覺得自己會吃虧時，就不會付諸行動。我猜想你已經覺得這很理所當然，這種想法已經深入你骨子裡。你可以試著對未知的事物產生『感覺很有趣』、『感覺很開心』的想法。」

「即使你這麼說，但我就是沒辦法這麼想啊。」

「也許是這樣，但即使你無法認為有趣，也有人會覺得那件事『有趣』，所以你可以產生好奇，思考『他們為什麼樂在其中？』」

「這樣就可以讓自己的心情好起來嗎？」

「至少會比現在好很多……」

「這樣就可以……」

修一感到懷疑，司機笑著繼續說：

「對了，我忘了說一件事。」

「什麼事？」

「你還記得剛才走在路上的那個老人和短髮的女人嗎？」

「你是說那個喜歡盆栽和舞蹈的……」

「對，他們都是發展自己的興趣之後成為名人，他們原本的工作有一個共同點。你猜是什麼共同點？」

「不知道。」

「他們都曾經是保險的業務員。」

「竟然……」

「而且他們都曾經是百萬圓桌協會的會員。」

「百萬圓桌協會的會員!?」

「你果然知道這個機構，這是由壽險理財專業人士組成的國際組織，聽說每年的有效保費要達到相當高的金額才有資格加入。」

「沒錯，對我而言，根本遙不可及。」

「雖然我不知道是不是遙不可及，但他們都連續十多年達成這個目標。你有沒有發現？路上有很多行人走來走去，但他們兩個人都面帶笑容。即使沒有發生什麼事，他們看起來心情也很好。」

「你為什麼不早說？」

「你曾經有過機會。即使從未有過盆栽或是舞蹈的經驗，只要覺得『看起來很有趣』，或是『我想聽他說看看到底有什麼樂趣』，就有機會和對方聊天，也有機會交朋友。在成為朋友之後，如果知道大家是同行，不是有可能會和你分享工作的祕訣嗎？你或許會說，如果你剛才就知道，或許會對他們產生興趣，問題是誰都不可能一開始就知道。

你認為對你有利就會採取行動，一旦認為對自己沒幫助就不想做，我希望你可以改變這種行為標準。因為永遠都無法了解會在哪裡、和別人產生怎樣的交集。不知道這樣你是否了解，最好能夠對各種事產生興趣，覺得『好像很有趣』、『好像很開心』呢？」

「……知道了，我會試試。」

修一勉為其難地接受了。

司機開心地露出了微笑。

「那我就順便再告訴你一件事。」

「喔喔，那我就洗耳恭聽。」

修一變得坦誠多了。

「你還記得我說過，我的工作就是帶你去會讓你運氣變好的地方嗎？」

「對。」

「你知道會發生什麼事嗎？」

「啊？會發生什麼事……」

修一答不上來，努力擠出這幾個字。他之前隱約覺得會讓自己運氣變好的地方，就是可以讓自己簽到新保單的地方，但從司機剛才說的話中知道並非如此。自己未來的幸福未必是成為成功的保險業務員，既然這樣，到底會發生什麼事……他就真的不知道了。

「到底是什麼事？我可能不太清楚。」

「我並不意外，太好了，幸好我問了你這個問題。因為在那裡不會發生任何事。」

「什麼？」

修一皺起眉頭。

「你看你又露出不高興的表情了。」

修一聽到司機這麼說，慌忙恢復了前一刻的表情。自己竟然這麼聽司機的話，連他自己都感到不可思議。理由很簡單，那就是眼前的司機是超越了人類智慧的存在，這是無需爭辯的事實。

「你聽我說，所謂的運氣好轉，用另一種方式表達，就是人生的轉捩點。也就是說，以此為起點，人生愈來愈好，並不是發生了什麼驚天動地的事，只是事後回想起來才會知道『原來那裡是起點』。雖然並非沒有發生任何事，但你不會覺得發生了什麼特別的事。」

「完全沒有感覺嗎？」

「不，會感覺到些微的變化。」

「些微的變化……」

修一很沒把握地重複了一遍。

「岡田先生，我曾經對你說，人生中有很多『幸福的種子』，對不對？」

「然後還說如果心情不好，就無法得到這些種子。」

「沒錯，心情不好的人在日常生活中，甚至無法得到這些幸福的種子，但只要保持好心情，就可以得到很多種子。」

「我已經了解這一點了。」

「是嗎？那就簡單了。岡田先生，你有沒有種過蔬菜？」

「啊？蔬菜嗎？我沒有種菜的經驗。」

「比方說，種胡蘿蔔的話，要在春天時，天氣變暖和之前就播種，然後你知道什麼時候可以收成嗎？」

「不知道，差不多五個月之後？」

「你很了解嘛！我還以為你會說，『就是收成的那一天』呢。」

「我還不至於那麼愚蠢吧。」

「我知道，這當然是開玩笑，但你不覺得我們在討論工作的成果或是努力的成果時，就是在期待這種『愚蠢的事』嗎？」

「你的意思是說，我們認為自己很努力，所以希望馬上看到結果嗎？」

「對，但是覺得遲遲沒有結果，為此深陷苦惱，甚至有人認為是自己運氣太差。那些認為自己很努力，卻沒有獲得回報的人雖然播了種，也在努力耕耘，只是還沒有到收成的時間，就開始嘆息『怎麼還沒長大？』如果能夠用更長遠的眼光來看，這個世界上所有的努力都會有回報，只是努力的時間太短，就期待會有結果。再怎麼成長迅速的種子，都不可能今天努力，明天就開花結果。」

「即使能夠理解你說的情況，我也沒有時間了。至少要在下次發薪日之前，重新簽回那些保單，否則就真的完了。」

「你才不會因為這種事完了呢！即使沒有收入，即使失去工作，也不會完了，只是重新開始而已。任何人都具備這種堅強，所以你不必擔心。」

修一忍不住熱淚盈眶地看著司機。司機的這番話帶給他力量，讓他有勇氣站起來。

「我也有嗎？」

「當然有啊！而且即使發生了你想像中最糟糕的狀況，只要你有從谷底重新開始的勇氣，有朝一日，你一定能夠說出剛才那句話。」

「剛才那句話？」

「就是『原來那裡是起點』。」

不知道是否因為接連遇到各種問題，讓修一陷入了低潮，司機說的話讓他的淚水都快要流下來了。他用力忍住了淚水，慌忙吸了吸鼻子說：

「這樣啊，哈哈哈，我好像渾身是勁啊。」

「聽你這麼說，真是太高興了。」

司機開心地抓著頭。

修一坐在後車座，看著他的背影調整呼吸。雖然搞不清楚原因，但覺得既然這個司機這麼說，自己應該就具備這種力量，對此刻的修一來說，這句話是強大的心靈支柱。修一再次吸了吸鼻子，露出了笑容。因為已經不需要再露出不開心的表情了。

「對了，你剛才說，所有的努力都會有回報。」

「對啊。」

「你昨天也說過這句話。」

「對，我說過。」

「你說的話都很正確，也帶給我勇氣，但我認為這句『所有的努力都會有回報』是為了鼓勵我的安慰話。」

「我才不會因為這種原因說謊激發你的努力，所有的努力的確都會有回報。」

司機從後視鏡中看著修一的臉。

「咦？……你好像不相信，但其他事只能下次再說了，因為目的地到了。」

司機說完，停下車子，打開了後車座的門。

天色在不知不覺中變得漆黑。修一雖然不知道司機把他帶來哪裡，但看起來像是某個鬧區。他看了計費表，發現變成「42,330」。這次似乎花掉了不少點數。

「這裡是哪裡？」

司機露出笑容說：

「改變你運氣的地方。」

修一的嘴角露出笑容，下了計程車。原本溼透的西裝已經完全乾了。

「請你不要忘記……」

「保持好心情……對不對？這次沒問題。」

「還有……」

「不要計較利害得失，要『產生興趣』，對不對？」

司機用力點了點頭，關上車門離開了。

TAXI

修一下車後環顧四周。雖然是陌生的地方，但他立刻知道這裡是鬧區，附近有很多住商混合大樓，酒店和酒吧招牌林立。路上人來人往，還有許多計程車。眼前這棟大樓的一樓就是一家酒吧。

「這裡嗎？」

他準備走進那家店之前，抬頭看了大樓。這棟門面狹窄的灰色大樓上面也有許多酒家，當他看到大樓前的招牌時，忍不住停下了腳步。因為他看到有一家名叫「TAXI」的店。

「竟然叫TAXI……」

他忍不住笑了起來。自己的命運似乎正因為計程車而改變。

「應該是這家店才對。」

修一改變方向，走向電梯廳。

走進狹小的電梯，按了「5」的老舊按鍵。

電梯上升期間，修一持續在心裡默念著：

「好心情，好心情。」

走出電梯，右側就是酒吧的門。剛才站在馬路上觀察時沒有發現，這家酒吧的氣氛似乎很不錯。走進酒吧後，老闆站在右側的吧檯內，滿面笑容，用沉穩的聲音迎接他。

「歡迎光臨。」

店內已有一個客人，坐在吧檯最深處的座位，正在筆記本上寫字。豎在後方牆壁上的吉他盒應該就是那位客人的。修一隔了三個空位，也在吧檯前坐了下來。

「請問要喝什麼？」

「那就先給我啤酒。」

修一說完後，拿出了智慧型手機，想要用手機的「地圖」確認自己目前所在的位置。他打開應用程式，確認了目前的位置，看到代表自己的藍色圓點在一棟住商混合大樓內。他用手指將地圖縮小後大驚失色。

「松、松山⁉」

他忍不住抱住了頭，立刻把公司的手機關機。現在是下班時間，所以關機並沒有問題，但如果脇屋發現自己目前所在的位置，問他：「你為什麼去四國？」他不知該如何回答。唯一慶幸的是，今天是星期五，明天不需要上班，所以可以編各種理由。如果不是星期五，明天就無法趕去公司上班了。

關機之後，心情反而變輕鬆了。雖然他不懂其中的原因，但反正無法改變目前身處松山的事實，而且這裡好像是有助於自己走好運的地方。既然這樣，最理想的應對方式，就是自始至終保持好心情，享受眼前的狀況。他很自然地產生了這樣的想法。

「雖然不知道會發生什麼事，那就對即將發生的事樂在其中吧！」

他下定了決心，心情自然就好了起來。

「原來保持好心情並不是期待會發生什麼好事，而是決定要享受即將發生的事。」

回想起來，之前從來沒有享受過獨自在酒吧喝酒的時間。無論之前賣二手車或是投入保險業之後，每次聚餐，都是和同事一起去居酒屋熱熱鬧鬧地開心喝酒，像這樣獨自坐在酒吧……他有點手足無措，但也同時覺得有這樣的時間很不錯。這是一個不受任何人打擾，可以獨自沉浸在音樂中的地方。

「這家店真不錯。」

修一對吧檯內的老闆說。這是他發自內心的感想。老闆面帶微笑，向他輕輕點了點頭。修一打量店內。

他和坐在吧檯左側的年輕男人四目相對。修一露出笑容，對方也還以微笑。年輕男人闔起了剛才正在寫的筆記本，拿起放了大冰塊的杯子。雖然他看起來年輕，但可能已經三十多歲了。

「你經常來這家店嗎？」

「嗯，是啊。有收入的日子就會來這裡。因為我喜歡這裡的氣氛，和在這裡度過的時光，甚至可以說，我是為此而工作。」

他半開玩笑地說完最後一句話，笑了起來。

「你是因為興趣彈吉他嗎？」

修一看向吉他盒問。男人苦笑著說：

「不，我靠這個賺錢。」

「我真是太失禮了，所以你是專業音樂人。」

「不不不，我沒這麼了不起，只是打開吉他盒，在街頭彈吉他，靠路人打賞。雖然也算是以音樂為職業的專業音樂人，但我想應該更像是大家所說的『自稱音樂人』，也就是俗稱的『街頭藝人』。」

男人說到這裡，露出了無憂無慮的笑容。

「所以你除此以外，並沒有做其他工作……」

「沒有，因為我決定要以此為生。我自己創作歌曲，靠演奏自己的作品過日子。賺到錢的日子，就會來這裡喝一杯……這是我人生中唯一的奢侈。」

「所以你正在努力追夢，希望有朝一日可以成為明星吧？」

「我並沒有想要成為明星，但也不排斥成為明星。」

「什麼意思？」

「就是我的表演並不是為了這個目的。或許我這麼說聽起來有點大言不慚，但我做自己喜歡的音樂，只要有人喜歡，無論人多人少都沒有關係。因為自己所做的事，能夠讓別人感到幸福，就是令自己感到最幸福的瞬間。我希望自己的人生能夠以這種方式慢慢累積。」

修一感到極大的衝擊。

因為工作的關係，他至今為止遇到的所有人，無論同事還是客戶，都嚴肅對待收入、保險和未來的規畫這些問題，都覺得如果收入沒有超過一定水準以上，就無法過日子，從來沒有遇過像眼前這個男人一樣，做自己想做的工作，即使收入微薄，也能夠靠有限的收入生活。

但是，最令他感到震撼的不是眼前的男人用這種方式生活，而是他用這種方式生活，看起來卻很幸福。

不，他並不知道眼前這個男人是否真的幸福，但至少看起來『心情很好』——就像計程車司機所說的，眼前這個人懂得如何取悅自己。修一忍不住起了雞皮疙瘩。

「太強了……」

修一在心中想道。

修一喝完啤酒後，點了兌水的威士忌。

「真想聽聽是怎樣的樂曲。」

男人的嘴角露出笑容，從放在腳下的皮包中拿出一張CD，伸直右手，放在修一面前的吧檯上。修一從椅子上站了起來，拿起CD，然後在男人旁邊坐了下來。

CD的封面是一張側臉的黑白照片，上面只寫了Arata這幾個字。

「Arata……」

「對，我叫藤上新，藝名叫『Arata』。如果你不嫌棄，這張CD送給你。」

「不不不，我向你買，我會付錢。」

修一看了CD盒背面，上面印了一千五百圓的價格。

「你收下吧，我只向聽了我的歌之後覺得喜歡的人收錢，你……」

「我姓岡田。」

修一慌忙自我介紹。

「岡田先生，你還沒有聽過我的歌。」

修一心存感激地收了下來。

「那我就不客氣了，我回家之後一定會聽。」

修一在說話時，用雙手把CD舉到額頭前收下。老闆把兌水的威士忌放在他面前，修一喝了一口，轉頭看向藤上的方向。

「你每天的生活應該很辛苦吧？因為不要說下個月，連明天的收入也不穩定，難道你不會擔心嗎？」

這是修一內心很單純的疑問。只做自己喜歡的工作過日子聽起來很瀟灑，但真的要選擇這樣的生活方式，需要很大的勇氣，根本無法保證未來。不要說未來，甚至無法預料明天的事。

然而，眼前的男人每天過這樣的生活，卻完全沒有悲壯的感覺，而且他還說，只要賺到錢，來這裡喝一杯就是他的幸福時光。

或許這很像年輕人的作風，他可能只是沒有多想，但修一並不具備這種勇敢，或者說是剛毅。修一向來對「未來」戰戰兢兢，從小就是這樣，他不認為自己有辦法像眼前這個男人一樣生活。

修一很想深入問他：「你不會對未來感到不安嗎？」但總覺得這樣問很失禮，所以就忍住沒問。如果自己身處相同的立場，必定會對未來感到極度不安。藤上稍微笑了笑，拿起杯子喝了酒。

「岡田先生，你彈過吉他嗎？」

「沒有……」

「這樣啊。吉他彈久了，會變成這樣。」

藤上在說話的同時，把左手伸到修一面前。修一仔細打量他的左手，但不知道他想表達什麼。

「指尖會變硬。」

藤上請他摸自己的手指，修一摸了摸他的指尖。

「真的很硬呢！」

「如果有機會，你可以彈一下吉他，一開始沒辦法順利彈出聲音。因為指尖太軟，按住吉他的弦時，指尖會凹下去，但吉他的弦都繃得很緊，所以想要彈出聲音時，就必須很用力按住，結果即使自認沒有碰到，但其他手指還是會碰到琴弦，這樣就彈不出聲音了。」

「你要不要彈看看？反正現在沒有其他客人，沒關係啊。」

老闆站在吧檯內，面帶笑容地說。

「不，我……」

藤上沒有理會修一的回答，打開吉他盒，拿出吉他，交到修一手上。

修一第一次碰吉他。他戰戰兢兢地捧在手上。

「你用右手彈一下。」

修一聽了藤上的話，用右手彈了六根弦。原本以為會彈出「將」的聲音，沒想到六根弦先後發出參差不齊的難聽聲音。

「真的欸，比我想像中更硬。」

「你要不要試試看用左手按住？」

這根手指要按這裡，那根手指要按這裡。藤上逐一指定了手指的每個位置。

「這稱為C和弦，你左手就按住那幾個位置，右手再用力彈看看。」

「好，好……」

修一按照藤上的指示，用右手彈了琴弦，只有一根弦發出聲音，其他五根弦並沒有發出動聽的聲音。

「喔喔……比想像中更難啊！」

修一重新握了好幾次，努力想彈出C的音，但始終彈不出來。修一笑著掩飾著內心的害羞，把吉他還給了藤上。

「但只要持續練習，指尖就會像這樣變硬。當指尖變硬之後，就可以像這樣輕輕按住琴弦。」

藤上說完，按在剛才指導修一的C和弦位置，發出了「將、將」的響亮聲音。可能剛才按得太用力，修一感覺左手指尖發麻。藤上立刻把吉他收進吉他盒。

「必須練到指尖變硬之後，才有辦法彈吉他。你不覺得這件事很厲害嗎？」

「很厲害……？」

修一皺起眉頭。

「對，持續練習，身體就會變成適合吉他的構造，但不是只有吉他才這樣。當持續做一件事時，人的身體就會逐漸變成適合那件事的構造。你不覺得這很厲害嗎？」

修一以前從來沒有想過這件事很厲害，但聽他這麼一說，覺得好像的確很厲害。

「我認為人類的身體很柔軟，就是為了能夠因應各種構造。當對某一件事產生興趣，開始使用身體並持續適應後，必要的部位就會成長或是變硬，逐漸變成適合做那件事的身體，但這段期間，一定會遇到一件事。」

「這段期間，一定會遇到……」

修一看著又紅又腫的左手手指。

「沒錯，那就是『疼痛』。你現在是不是覺得手指發麻？當身體感覺疼痛之後，才會漸漸變成適合做那件事的構造。我們的身體柔軟，代表可以適應任何事，經歷疼痛之後，才能夠成為這方面的專家。」

「疼痛喔……」

修一感受著左手指尖的疼痛，聽著藤上說話。

「動物不穿鞋子也可以在山上行走，人類為什麼必須穿鞋子才能走路？我相信兩者的道理相同。因為我們從出生之後，雙腳就一直被襪子和鞋子保護，所以腳底就變成適合鞋襪的構造，也就是說，人類的腳並沒有比動物柔軟脆弱，而是人類過度保護自己的腳。」

「過度保護？」

修一覺得這種形容很好笑，忍不住笑了起來。

「對，為了怕痛，所以一直穿著鞋子，但只要持續穿鞋子，身體就會變成一旦沒有鞋子，就無法生存。如果鼓起勇氣放棄鞋子，即使一開始痛得要命，但不久之後，雙腳就不需要鞋子了。」

「雙腳不需要鞋子嗎？」

藤上笑了笑說：

「當然沒有人想要讓自己的腳不需要鞋子，我只是比喻。」

「是……」

修一似懂非懂地應了一聲。

「重點是，人類一開始很柔軟、很脆弱，在持續使用後，雖然會覺得痛，但會愈來愈強、愈來愈堅硬，當不再感到疼痛時，就代表已經是適合那件事的構造了。我向來這麼認為。」

「原來如此……」

「我目前的生活也一樣。打開吉他盒，彈奏自己的樂曲，靠別人的打賞過日子的確很辛苦，但我覺得這是磨鍊脆弱、愛操心的自己最好的方法。」

「你以前很容易擔心嗎？」

「對，別看我現在這樣，我以前是上班族。」

「這樣啊？」

「對，店門口不是都會有踏墊嗎？就是可以清除鞋底髒污的那種踏墊，我的工作就是去店家換踏墊。雖然我之前就很想靠音樂吃飯，只是遲遲沒有勇氣，無法挑戰。雖然工作只是為了賺取從事音樂活動的資金，但很怕真的沒有薪水的收入。那時候的我很膽小。」

「任何人都一樣啊，有五斗米才有辦法挑戰，至少你並不是膽小鬼。如果是膽小鬼，根本沒有辦法在大庭廣眾之下彈吉他。」

藤上搖了搖頭說：

「我以前也很害怕在大庭廣眾之下彈奏。起初手指都會忍不住發抖，中途卡住之後，腦筋一片空白，完全彈不下去。在家裡練習的時候完全不會卡住，但在別人面前彈奏，就完全不行……當初我就是這樣開始的，但那時候，我發現了剛才的事。」

「必須經歷疼痛，才能夠變得更強……」

「對，我知道自己很膽小，也很容易擔心，所以覺得必須變得更堅強才行，如果不經歷疼痛，就無法變得堅強，所以我想在街頭彈奏，讓自己經歷更多的磨鍊。

不久之後，我在別人面前彈奏時不再出錯，於是就開始尋求新的磨鍊，然後就在不知不覺中辭去了工作。當我認為對這個磨鍊不再感到疼痛時，我應該就具備了生命的堅強，也獲得了自由。」

「怎麼樣呢？你變堅強了嗎？」

藤上露齒一笑說：

「要怎麼說呢？我也不清楚，至少我現在不會再去思考，萬一變成這樣怎麼辦，萬一變成那樣該怎麼辦。說起來很奇怪，當擁有很多的時候，整天都在想這些問題，如今只住在老舊小公寓內，只靠這把吉他過日子，卻反而不再思考這些問題。」

「這樣啊。」

「所以我相信自己一定變堅強了。」

「你以後也會繼續在街頭唱歌，有朝一日……」

藤上搖了搖頭說：

「這就不知道了，但目前的生活的確成為一種磨鍊，所以我認為之後可以做任何事。既可以繼續走音樂路，也可以開公司，或是開一家店。我最近開始覺得，只要自己變得堅強，做任何事都沒問題。」

「這樣啊……」

「你剛才問我，不知道明天有多少收入的生活是不是很辛苦，答案是『真的很辛苦』，但我過這種生活，就是為了追求這種辛苦，所以並不感到害怕。」

「是為了變得更堅強、更頑強……」

「對，我打算再繼續磨鍊自己一陣子，只是有時候也必須享受一下，所以……」

藤上說著，舉起了酒杯。

「所以我來這裡。」

修一也舉起了酒杯。

「你為什麼突然去松山？」

優子劈頭就問了這個問題。

「我回去之後向妳解釋，是因為工作的關係。」

雖然修一這麼回答，但也知道無論怎麼解釋，優子都很難接受。

「對了，我想問妳一件事。」

「什麼事？」

「昨天不是和夢果的班導師面談嗎？」

「對。」

「我到的時候，看到妳已經到了，正在和老師說話，你們在聊什麼？」

「聊什麼……就是閒聊啊。你等一下，對了對了，剛好聊到你，我說你是保險業務員，老師就說：『我剛好想買壽險，很想了解一下。』所以我就對老師說，等面談結束後，一定會讓你提供一些參考意見，沒想到你後來好像心情很不好……」

「我知道了，妳不用再說了……」

修一掛上了電話。他並不感到驚訝。在聽司機提到這件事時，他就知道優子和老師八成就在聊這些，剛才聽了優子的話，終於確信了一件事。

「那個司機說的話，全都是真的。」

若是如此，就代表今天在酒吧發生的事，有什麼有助於自己運氣好轉的要素。

然而，他並不認為有什麼太大的變化。這的確是他第一次走進「酒吧」這種地方，在酒吧內遇到的音樂人說的話充滿新鮮感，打動了修一的心，或許會對今後的人生產生重大影響。

只是並沒有聊到自己的工作，臨別時，雖然遞了名片給藤上，但並不是為了拉保險，只是用輕鬆的方式介紹自己的名字。因為他知道自己並不會向藤上推銷保險，也沒有任何可能簽到新保單的預兆。

司機也曾經提到「辭去保險工作，仍然走向幸福未來」的可能性，是否在暗示他可以走不同的路……如果有不同的路……。

「吉他……？」

修一想到這裡，忍不住苦笑起來。

「不可能是四十多歲的大叔開始學吉他，然後成為吉他手吧。」

在思考並非延續目前狀況的未來時，修一明確感受到自己興奮了起來。

只是每次有這種感覺時，他都覺得只是在「逃避現實」而已，把思緒拉回來，努力思考延續目前狀況的未來。因為他知道那裡有必須面對的痛苦。

「簽不到保單，我在這種地方幹什麼？」

他忍不住責備自己，但同時有另一個自己思忖著「我是否需要面對更多磨鍊，才能夠像藤上一樣，不再害怕未來呢？」

修一的內心漸漸走出了絕望的深淵。他想起司機說的話。

「並不會馬上發生任何事。」

「播下種子之後，需要一段時間才能收成。」

以後回顧自己的人生時，會發現今天晚上發生的事，成為某種邂逅的轉捩點。雖然他仍然對現狀感到焦慮，但開始對未來產生了隱約的希望。

隔天一大早，修一就去了道後溫泉。他打算好好泡溫泉，整理一下目前的狀況。以前曾經遇過一個來自松山的客戶，那位客戶告訴他，聖德太子曾經來道後溫泉療養過。他認為發生太多事，腦袋陷入一片混亂時，最好的方法就是讓自己放輕鬆，於是決定來泡溫泉。

泡完溫泉，穿上浴衣後，頓時渾身噴汗。穿著被汗水溼透的浴衣，感受著早晨和緩的清風，享受著這份難以形容的宜人涼爽。他已經好久沒有迎接如此舒爽的早晨了。

然後，他換上了昨天一直穿在身上的那套西裝，搭路面電車來到大馬路上，漫無目的地在松山的商店街上閒逛。商店街內充滿活力，信步走在街上，心情就很好。

「感覺保持好心情似乎也不是一件困難的事嘛。」

正當他腦海中閃過這個念頭時，看到了一家樂器行。修一情不自禁被吸了進去。因為他連自己都難以相信，所以即使向別人說明當時的精神狀態，應該也沒有人能夠理解。但是，當他走出樂器行時，肩上已經背了一個吉他盒。他自我分析了想要買吉他的理由，覺得還是受到了計程車司機的影響……這也許是唯一的理由。

如果昨天那家酒吧可以為自己人生的運氣帶來轉機，只要自己保持好心情，就能夠察覺到契機，「吉他」就是唯一的答案。而且他並沒有刻意找樂器行，樂器行就出現在眼前，似乎是某種預兆。

他在樂器行內看到了和藤上使用的相同品牌的吉他，然後驚訝地發現Martin品牌的吉他價格竟然那麼昂貴。聽樂器行的店員說，既然買吉他，就該買貴的吉他，但他實在買不下手。最後還是買了一把十萬日圓左右的吉他，買了之後還忍不住反省「花太多錢了」，但和Martin相比，價格只有十分之一而已。

「這一定是我目前需要的東西。」

修一確信這件事，只不過他也不知道為什麼需要，更不知道可以發揮什麼作用。他無法向別人說明，更無法期待別人聽了之後能夠認同他的行為。

買了吉他之後，他才開始為「該怎麼向優子解釋」這件事煩惱。

優子看到吉他，一定會生氣地說：「你為什麼去買這種東西？」

雖然優子不會大發雷霆，但一定會用她慣用的語氣數落他。

「你覺得我們家有錢買這種東西嗎？」

「反正你只是心血來潮，很快就會變成垃圾了。」

當她數落完之後，就會覺得自己說得太過頭了，露出反省的表情說：

「我知道你是因為工作上的關係不得不買，所以也沒辦法……」

這件事應該就此落幕。

但是，這種情況只有在「工作順利」的條件下才成立。因為修一之後必須告訴優子的事，會讓優子產生難以理解的混亂。

「有二十張保單解約。」

「下個月的薪水會減少超過三分之一，搞不好會少一半。」

「還要歸還之前十個月領到的薪水。」

「也會從獎金中扣除，所以暫時無法指望獎金了。」

「搞不好必須用存款還錢，到時候只能動用為夢果讀高中所存的那筆錢。」

「巴黎旅行恐怕無望了。」

每一件事都無法帶著輕鬆的心情說出口，聽的人也要做好充分的心理準備，但按照目前的情況，修一必須把以上這些話全都告訴優子。

即使優子能夠體諒，而且退一百步，即使會安慰他說：「這也是無可奈何的事，只能繼續努力了」，也會接著問：「為什麼這種時候跑去買吉他？」

「妳這麼問，我也不知道該怎麼說，反正目前的形勢必須買吉他，因為有很多預兆顯示，這麼做有助於開拓未來。」

即使這麼回答，優子也不可能接受。還是乾脆把那個匪夷所思的計程車司機的事和盤托出？修一搖了搖頭。

「她更不可能相信。」

當修一天黑之後回到家，優子的反應出乎他的意料。她看到修一背著吉他盒，驚訝得瞪大了眼睛，一時說不出話，最後才終於問：

「你買了什麼回家？」

雖然她的問話符合修一的預期，但她的表情中不見怒色，只是太驚訝了。

「不是啦，這是有原因的……下次再向妳說明。」

修一掩飾著，但優子之後也沒有生氣，更沒有追問原因。她是不是以為和客戶應酬，無論如何都必須買吉他？還是以為上司強迫自己在半年後的尾牙上表演，所以要先練習？

總之，修一並沒有特別說明，優子就認為他是因為不得已的原因買了吉他。

修一鬆了一口氣，但最大的問題還沒有解決。修一無法啟齒對優子說該說的話。

修一用大拇指摸著每天練習吉他到深夜，稍微變硬的指尖，坐在計程車上看著窗外的風景。原本以為那個神祕的計程車司機會每天出現在自己面前，但這次已經隔了五天，修一開始懷疑這一切是不是真的，會不會是自己在做夢，有點分不清夢境和現實的界線時，計程車司機突然出現在他面前。

計程車司機一如往常，沒有告訴他目的地，就把車子開了出去。修一思考著這幾天來，自己身上發生的變化，默默地坐在後車座。

司機曾經說，只要保持好心情，有助於讓把握改變人生機運的天線變得敏銳，人生就會開始改變。他用自己的方式實踐了司機的教導，原本以為只要這麼做，自己人生的機運轉機很快就會出現，但自己的人生在這幾天並沒有明顯的變化。

最後一次見到計程車司機至今，他沒有簽到一份新保單。

發薪日一天比一天近，狀況愈來愈嚴峻，他的運氣非但沒有變好，反而可以說愈來愈差。

「我現在有閒工夫做這種事嗎……？」

「我到底該怎麼辦才好？」

所有的努力都會獲得回報嗎？

每次產生這種想法，內心陷入焦急時，他發現自己就挑起眉毛，皺起了眉頭。

「不行，不行，我要保持好心情。」

他每天都這麼提醒自己。

此刻，他也看著窗外的風景，對於即使自己保持好心情，但生活並沒有太大的改變感到不滿，或者說有點焦躁。

「如果不保持好心情，就無法發現運氣的轉機……」

他這麼告訴自己。

但是，他總覺得這幾天好像忘記了什麼重要的事。他從後視鏡中看著司機的臉時想起這件事。

「對了，集點卡……」

計程車司機最先和他提到集點卡的事。

司機說，運氣和集點卡一樣，沒有「好」、「壞」之分，只有「使用」或是「累積」。當發生對自己有利的事時，不要認為是自己運氣好，而是自己使用了運氣。

聽到司機這麼說時，修一忍不住想，「如果之前沒有累積運氣，就不會有好事發生」。

司機又告訴他，「如果不保持好心情，察覺運氣轉機的天線就無法發揮作用」。

修一逐一回想起司機告訴他的每一句話，覺得自己也許產生了天大的誤會，差一點叫出聲音。

「等一下，雖然司機說，只要保持好心情，就可以讓察覺運氣轉機的天線更加敏銳，但並沒有說保持好心情，就可以累積運氣。既然運氣就像是集點卡制度，必須累積才能使用，如果我在至今為止的人生中，並沒有累積運氣，即使保持好心情，察覺到運氣的轉機，也沒有可以使用的點數啊！」

自己有辦法斷言，在至今為止的人生中，已累積了足夠的運氣可以改變人生，為人生帶來幸福嗎？

答案是否定的。

所以，即使保持好心情，發現了運氣的轉機，也只能帶來小幸運。修一抓著前方的座椅，猛然坐直了身體。

「怎麼了嗎？」

司機驚訝地從後視鏡中看著修一。

「我問你，你不是說，如果不保持好心情，感受運氣的天線就無法發揮作用嗎？」

「對，沒錯。」

「保持好心情，是不是只能發現運氣的轉機，並不能累積運氣？」

「沒這回事，只要每天生活保持好心情，就可以累積運氣。」

修一稍微鬆了一口氣，靠在椅背上。

「這樣啊。」

「是啊，俗話不是說『聚沙成塔，積少成多』嗎？」

「聚沙成塔？」

修一又忍不住身體向前傾。

「對，你千萬別小看這件事。每天都心情愉快過日子的人，和鬱鬱寡歡的人，一年累積的運氣量有著天壤之別，完全無法相提並論。」

「嗯，我想也是。」

修一有點失望，再次靠在椅背上。

如果司機的話屬實，修一從懂事的時候開始到今天，每天都開開心心過日子的話，現在已經累積了驚人的運氣，只不過他從前幾天才開始努力保持好心情，所以應該只累積了像沙子程度的運氣，無法期待能夠得到天大的幸運，更無法期待在未來的幾天內，簽到有助於起死回生的保單。

「我不想聚沙成塔，有沒有方法可以一開始就能累積整座塔的運氣？」

修一喃喃自語著，司機看著前方回答說：

「有。」

修一再次露出興奮的眼神。

「有嗎？」

「有。」

「怎樣才能做到？請你告訴我？」

「就是花時間為別人帶來幸福。」

「花時間為別人帶來幸福。」

修一重複了司機說的話。

「沒錯，但是還有下文。當你花時間為別人帶來幸福時，不是會獲得某些回報嗎？為別人做的事，和別人的回報之間的落差就是『運氣』。」

「自己為別人做的事，和別人的回報之間的落差就是運氣？……這句話是什麼意思？」

修一無法明確了解這句話的意思，忍不住向司機確認。

「咦？這句話很難理解嗎？」

計程車改變了車道，超越了停在路旁一輛搬家公司的貨車。

「假設你利用某個假日幫朋友搬家，這就是花時間為別人帶來幸福。搬家之後，你朋友請你吃了鰻魚飯，感謝你幫忙搬家。」

計程車剛好經過一家鰻魚飯餐廳。

「你為朋友做的事是『幫忙搬家』，朋友的回報是『請你吃鰻魚飯』。你覺得你付出的比較多？還是覺得朋友的回報太多了？」

「嗯，我覺得差不多。」

「原來如此，這樣的話，你可以認為既沒有使用運氣，但也沒有累積運氣。如果你朋友包了二十萬的紅包給你作為答謝呢？」

「他給得太多了。」

「是啊，這種情況時，就可以認為使用了運氣。相反地，如果你朋友完全沒有任何表示呢？」

「那代表……我累積了運氣？」

「就是這樣。」

司機的說明簡單易懂。原來在這種情況下可以累積運氣。

「所以說，如果幫了別人很大的忙，對方卻完全沒有回報，就代表累積了很多運氣嗎？」

「沒錯，就是這樣。」

修一抱著雙臂，注視著副駕駛座的頭枕。接受這件事的自己和無法接受的自己在內心持續問答。

他皺著眉頭沉思片刻。

「嗯，」他發出低吟後開了口，「工作也一樣吧？」

司機一臉正中下懷的開朗表情，從後視鏡中看著修一。

「沒錯。」

「但這不就意味著只是吃虧嗎？」

「為什麼？」

「如果做搬家的工作，工作一天可以拿到一萬圓的薪水，假設工作了一整天，只拿到五千圓，不就是吃虧嗎？」

「並沒有吃虧，因為累積了運氣。」

「如果這麼想，就會被公司壓榨，一輩子都吃虧。」

司機搖了搖頭說：

「沒這回事，這種人會持續累積運氣，有朝一日……」

修一搖著頭說：

「不，沒這回事。你能夠斷言，絕對會有這樣的結果嗎？這個世界上有很多人並沒有因此得到幸福，只是一直被剝削而已，一輩子沒有任何好事，人生就畫上了句點。現實中有很多這樣的人生，即使這樣，你仍然要我相信你說的話嗎？」

司機苦笑著說：

「即使是這樣的人，大部分只要保持『好心情』，就有機會一口氣使用之前累積的運氣。難道你不認為那些過著那樣人生的人，選擇了和『好心情』無緣的生活方式，也是不容懷疑的事實嗎？」

司機在說話時，揚了揚下巴。車窗外是某個車站的入口，有很多人從車站內走出來，每個人臉上的表情都稱不上是好心情。

修一覺得司機說的話也有道理。不光是車窗外的那些人，包括自己在內，在上班路上遇到的每個人，都理所當然地露出不悅的表情。難道每個人只要保持好心情，就能夠使用之前累積的運氣，迎接改變人生的轉機嗎？能夠斷言每個人都這樣嗎？

「嗯？」修一重複了司機剛才說的話，「你剛才說的是『大部分人』，對不對？」

司機從後視鏡中看著修一的臉笑了起來，但並不是令人不快的笑容。

「你連細節都注意到了。」

「別調侃我了。做目前的工作，公司嚴格要求我們一定要敏感注意這種文字的細節，否則之後會有很多麻煩。你剛才說『即使是這樣的人，大部分……』，這代表你承認並不是每個人都這樣。」

「嗯，請你不要這麼激動。實際上是有的喔！不過雖然真的存在，但沒有絕對。」

「啊？你在說什麼？」

修一頓時感到火冒三丈。

「你看，你馬上就不高興了。」

司機不慌不忙，笑著勸導修一。

「你曾經遇到誰，聽到你說這句『真的存在，但沒有絕對』這句話，會點頭稱是嗎？任何人都會說，聽不懂你這句話的意思。」

司機噗哧一聲笑了起來。

「的確是這樣。」

「一點都不好笑。我相信你說的話，甚至做了自己平時不會做的事，像傻瓜一樣整天保持好心情……」

「買了吉他，每天晚上都練習……」

「就是啊……你把我當傻瓜嗎？」

「因為你很容易生氣，所以我想搞笑一下……」

「我怎麼可能笑得出來？你好好向我解釋清楚。」

司機握著方向盤，聳了聳肩。

「我知道了啦，但我原本就覺得差不多該告訴你那件事了，所以也剛好。」

「那件事是什麼事？」

「岡田先生，你有沒有想過，我為什麼會出現在你面前？」

「啊？……」

修一答不上來。

「我的工作是把客人帶去可以發現運氣的轉機，改變他人生的地方，而且在收費表歸零之前可以一直搭乘，你不覺得這個服務很驚人嗎？」

「……」

聽司機這麼說，修一發現的確是這樣。光是可以免費搭好幾萬日圓的計程車，就必須感謝他了，但自己非但沒有感謝他，反而對他發脾氣。修一覺得自己會遭到報應，自己的態度簡直就像只想到自己的小孩子，怒氣一下子消除了，為自己的行為感到無地自容，後背感到發燙。

「不，其實我真的很感謝你……」

「是喔，所以你有感謝的想法。太好了，但是你有沒有想過，為什麼『自己』會成為乘客？」

「……」

修一默默搖頭。因為不知道司機有沒有從後視鏡中看到自己搖頭，於是只能小聲回答說：

「不……我沒有。」

「那就請你思考一下，你認為我為什麼會找上你？」

「這是……」

修一原本想說「因為我運氣好，所以被選中了」，但最後沒有說出口。因為這位司機說，運氣沒有好壞之分，只有使用或是累積，答案當然不可能是「運氣好」。難道該說「因為我累積了很多運氣，所以被選中」嗎？他並不認為自己的生活方式有累積了這麼多運氣，可以遇到這麼特別的事。就拿好心情這件事來說，自己的記憶所及，自己有好心情的最後時光是在小學的時候。上了中學之後，心情差變得理所當然，也漸漸變成「正常狀態」，就這樣活了超過三十年，所以這種基本態度已經根深柢固。自己這種人，當然沒資格說「累積了很多運氣」。

「不知道。」

修一據實以告，聲音也變得很低沉。

「我為什麼會成為你的乘客？」

修一坦誠地發問。

蕎麥麵的味道

「老公，你該上床睡覺了。」

「嗯？喔喔……」

政史聽到民子的提醒，心不在焉地應了一聲，繼續盯著店裡的帳簿、存摺和許多資料。兩年前，他發現店裡的營業額逐漸下滑，但完全沒有想到這一年來，生意竟然一落千丈。

「修一說，最近增加了打工的時間，那就跟他說，從下個月開始，會少匯一些錢給他。」

政史皺著眉頭，用力抿著嘴脣，只說了一句：

「不必告訴修一。」

然後又繼續抱著雙臂，注視著帳簿。捉襟見肘、左右支絀的事實呈現在眼前。

「還不了錢……」

無論怎麼努力，巧婦也難為無米之炊。

「還有一年的時間……」

他在內心計算著今年讀大學四年級的兒子修一畢業的時間。

雖然每個月都寄錢給兒子，但並沒有寄足夠的生活費，讓在都市獨自生活的兒子可以專心投入學業。如果兒子不打工，恐怕就無法生活。雖然修一最近可能想要更多零用錢，所以增加了打工的時間，但他是大學生，當然需要一些玩樂的零用錢。原本希望他專心讀書，不能因為兒子增加了打工的時間，收入增加，就減少寄給他的生活費。這是政史身為父親的矜持。

他希望兒子修一和自己不同，以後的人生可以更加輕鬆，所以必須讓他讀完大學，在大城市找工作。即使政史手頭愈來愈拮据，但這種想法仍然成為他每天努力工作的原動力。

幾年之前，銀行表示「要貸多少都沒問題」，如今的態度一百八十度大轉彎，很難申請貸款。更何況以自己目前的年齡，和這幾年店裡的生意狀況，很難向銀行申請貸款作為周轉資金，再加上泡沫經濟從兩年前開始崩潰，經濟不景氣導致銀行變得更加謹慎，對政史的生活造成了實際的影響。

只要拉長還款期限，做好經營這家店到高齡的心理準備，或許有辦法借到錢，只不過在銀行說「要貸多少都沒問題」的時代借的錢還沒有還清，所以當然不可能申請到新的貸款。

現在回想起來，有點搞不懂自己當初為什麼借那麼多錢，但政史內心的確有「銀行貸款時會審核，最後同意貸款，就代表認定我有還款能力」這種毫無根據的常識。

如今，商店街的地價也持續下滑，即使連同店面把房子賣了，仍然無法償還所有的貸款。

「即使苦日子來臨，也只能勒緊褲帶撐過去。」

雖然他已經有了結論，但該省的都已經省了。最近變賣的是高爾夫球場的會員證。原本深信是會持續升值的資產，當初購買時花了一大筆錢的高爾夫球場會員證，在脫手的時候，價格竟然少了一個零。

無論是商店街的荒廢，還是高爾夫球場會員的價格暴跌，都完全出乎身為商店老闆政史的意料。政史從放在桌上成堆的資料中，找出一個信封拿在手上。那是一份壽險保單。

這份壽險在修一出生前就加入，隨著政史年紀增長，理賠金也逐漸升值。當然，隨著修一的成長，不再需要大筆身故保險金，所以都會定期檢視保單，但政史一直認為在修一大學畢業之前都需要以防萬一，多年來持續繳交保費。當然不僅是因為這個原因，他不希望自己生病需要治療時，成為家人的負擔，剝奪修一的未來。他希望無論如何都要避免這種情況發生。

政史注視著保單。

「如果你昨天告訴我，我就可以為你準備便當了。」

民子對背對著坐在脫鞋處綁鞋帶的政史說。

「不用了，我會在路上找東西吃。」

政史說完站了起來，背起了背包。修一小時候，政史經常帶他一起去爬山，今天也穿了當時買的登山服和鞋子，然後看著民子的臉，露出了溫柔的微笑。因為太突然了，民子大吃一驚，也對政史露出了笑容。

「你幾點回來？」

「不知道，很久沒有爬山了，看體力再決定。」

「不要太勉強了。」

「好……那我出門了。」

政史說完，就出了門。政史出門時很少會對民子露出笑容，所以民子在關上門之後，忍不住獨自笑了起來。

「他突然哪根筋不對了。」

民子自言自語說完，走去廚房為自己準備早餐。現在才清晨六點。

「那就從這裡開始走……」

今天是自家商店公休的日子，政史回頭看向拉下鐵捲門的店，然後轉身邁開步伐。當他走出拱頂商店街，準備沿著大路走向車站時，一輛計程車從右側駛來，停在他面前，打開了後車座的門。

政史和坐在駕駛座上的司機四目相對，靜靜地告訴司機：

「我不搭車。」

「請你上車，車資已經付了。」

政史聽到司機這麼說，且被他親切的笑容吸引，坐進了後車座。

「你說已經付了車資，這是怎麼回事？」

政史原本想問司機這個問題，但他覺得不必拘泥這種小事。既然司機要自己上車，那就搭司機的車。

「今天就這麼做。」

這是政史唯一的感想。

計程車司機沒有問政史要去哪裡，就把車子開了出去。

政史始終不發一語，聽著司機說話。聽了一陣子後，就發現司機說的事都很不可思議，都是用常識難以想像的事，但政史並沒有產生疑問，也不打算問清楚。事實上，政史並沒有仔細聽司機說話，看到原本計費表上從「100,000」開始的數字變成了「98,820」時，才用沒有感情的聲音表達了感想：

「你的工作真特別。」

計程車沿著河邊的道路逆流而行，顯示正駛向山的方向。政史並沒有告訴司機自己的目的地，但司機可能從自己的打扮，猜想自己要去爬山。車子離河對岸的山愈來愈近，政史知道已經來到山裡。差不多該下車了。

「可不可以在前面停，我要下車。」

在政史對司機說這句話的同時，司機打了方向燈，從河邊的道路向右轉。

「咦？你要去哪裡？」

政史問，但司機沒有回答。不一會兒，來到一棟掛了好幾面細長形旗幟的老舊民宅前。司機轉過頭，面帶笑容地說：

「這家店的蕎麥麵是天下一絕，你不去吃一碗嗎？」

政史苦笑著搖了搖頭說：

「謝謝你帶我來這裡，但我現在不吃，可以請你開車嗎？」

「不行。」

司機斷然拒絕。

「不行？」

「對，不行。即使沒有明天，我也希望你吃這裡的蕎麥麵，作為你的最後一餐。」

政史瞪大了眼睛。這個司機似乎有特異功能，政史根本沒有開口，也知道他在想什麼。政史板著臉，看著轉頭看著自己的司機。年輕的司機即使看了他臉上的表情，也沒有膽怯，繼續說了下去。

「等一下你去哪裡都沒有關係，但是在此之前，請你吃一碗這家店的蕎麥麵。」

「我為什麼一定要在這裡吃蕎麥麵？」

政史憑直覺知道，眼前的司機知道自己等一下打算做什麼。他內心慌亂，說話的聲音也有點緊張。

「因為今天是良藏先生的忌日。」

「你……說什麼……？」

政史忍不住倒吸了一口氣。

「你……你為什麼知道這種事？」

政史難掩內心的慌亂問，但司機沒有回答他的問題。

「昭和十九年（一九四四年）七月七日，是你的父親良藏先生的忌日，他戰死在塞班島。你那時候才一歲，所以並不知道你出生時，良藏先生多麼欣喜若狂，也不知道他多麼疼愛你，更完全不記得他的長相。你或許已經忘了他，但是良藏先生，也就是你的父親很愛你。祈禱你未來可以得到幸福，為了保護你成長的這個國家而犧牲了自己。」

政史在成長的過程中，幾乎沒有聽說任何關於親生父親的事。他所認識的父親是母親在戰後再婚的對象，繼父也有一個孩子，所以政史有一個父母都不同的弟弟，和母親與再婚對象的父親所生下的妹妹，他在這樣的家庭環境中長大。在他懂事之後，母親向他說明了家庭的狀況，雖然他還是孩子，但覺得不能提親生父親的事，所以從來沒有向母親打聽過親生父親的事。

他從母親口中得知自己的父親名叫「良藏」，而且死在戰場上，但當然不可能知道什麼時候，在哪裡，以怎樣的方式死在戰場上。政史的母親恐怕也不知道父親的忌日。因為和良藏前往同一個戰場的人沒有人活著回來，所以也就不得而知。

「這是……真的嗎？我父親……戰死在塞班島嗎？」

「對，清晨六點十二分，也就是你剛才坐上車子的時間。良藏先生，不，當時還倖存的人都一樣，他們在已經超過十天沒吃沒喝的狀態下展開殊死戰。手上只剩下步槍，只不過子彈早就用完了，唯一的武器就是步槍前已經彎掉的刺刀，有些士兵甚至只能拿石頭當武器。他們在這種狀態下，最後衝向用不計其數的戰車和戰鬥機持續砲擊的數萬名敵軍。

在他們犧牲的前一天，七月六日塞班島的夕陽格外美麗。當時，一名倖存的士兵對你的父親良藏先生說：

『真想最後再吃一次赤福餅。』

那名士兵是伊勢人，從小就很愛吃赤福餅。他很希望能夠在死之前，和別人分享赤福餅的美味。於是良藏先生和他分享了蕎麥麵。他說自己老家的蕎麥麵是絕品。好吃的祕訣就是因為那裡的水質很好，他認為應該比任何地方的蕎麥麵都好吃。那名士兵聽了良藏先生的話後說：

『你一定也很想再吃一次家鄉的蕎麥麵。』

沒想到你的父親搖了搖頭，笑著說：

『我兒子剛出生，他會吃到那些蕎麥麵。我明天死在戰場上，就是為了能夠讓他吃到蕎麥麵。』」

「……」

政史張著嘴巴聽司機說這些話，淚水從忘了眨眼的雙眼中流了下來。

「你想知道更詳細的情況嗎？」

政史全神貫注地聽司機說話，完全忘了附和，這時才終於回過神回答說：

「好……請你告訴我。」

政史從座椅上探出身體，湊到司機面前。

「那我們進去麵店再說，我們邊吃邊聊。」

司機說完，打開了後車座的門。政史擦了擦眼淚下了車。

政史目不轉睛地注視著送到他面前的蕎麥麵。

竹編麵盤上的白色蕎麥麵晶瑩發亮，一看就知道剛用水沖洗過。

「挨餓受凍。」

政史小時候，經常聽到這句話。

他想起母親曾經說：

「我這麼努力，就是避免你們挨餓受凍。」

但是，在他中學畢業時，從來不曾有過挨餓受凍的經驗，漸漸過著可以想吃什麼就吃什麼，想吃的時候就可以開懷大吃的生活。

然而，自己的親生父親沒有看過戰後的復興和發展，就結束了人生。良藏為國家奉獻了生命，唯一的心願就是想好好保護兒子。

政史這時才終於知道，或許就是因為良藏的這種心願，讓他回顧以往的人生時，發現從來不曾有過挨餓受凍的經驗。

「岡田先生，趁美味時趕快吃。」

司機說完，催促著政史動筷子。

「喔……好。」

政史注視著蕎麥麵，從司機手上接過筷子，在臉前合起雙手，緩緩低下頭，好像在對著蕎麥麵祭拜一樣。

「我開動了。」

夾起蕎麥麵的筷子顫抖著。他努力控制顫抖的手，想把蕎麥麵放進沾醬中，但淚水卻奪眶而出。

「不行，等我一下。」

說完，他放下筷子，一隻手捂住了臉。司機拿出手帕遞給政史。

「你還好嗎？」

「對不起，這就是我父親無論如何都希望我吃到的蕎麥麵吧？」

「對，沒錯，這家店歷史很悠久，良藏先生也很喜歡這家店的蕎麥麵。」

「我在至今為止的人生中，一直以為大口吃著喜歡的食物是理所當然的事。但是想到我父親……至少希望他可以吃到這碗麵……」

政史泣不成聲，無法說話。

「我能夠理解你的心情，正因為這樣，所以希望你好好品嚐。」

政史沒有說話，頻頻用力點頭，然後吸了吸鼻子，再度拿起了筷子。雖然手還在發抖，但這次夾了比剛才更多的蕎麥麵，沾了沾醬後，大口吃了起來。

政史在嘴裡咀嚼著，一連點了好幾次頭。他無聲地哭泣，眼淚不停地流下來。過了一會兒，他把嘴裡的麵吞了下去，卻無法停止點頭。

「……」

一定是在和他的父親說話吧。司機沒有說話，然後迅速吃完自己的麵說：

「我在車上等你。」

說完，就站了起來。政史對司機笑了笑。

一個小時後，政史才再次坐上等在麵店外的計程車。

他可能在內心和良藏好好聊了一番，眼睛哭得又紅又腫，但臉上的表情卻神清氣爽。他上車時露出爽朗的笑容，好像擺脫了附身的邪靈一般。

司機默默關上車門，把車子開了出去，沿著河邊的山路開了回去。政史不發一語。司機說，他知道該去哪裡。政史不知道司機要帶他去哪裡，但知道不是去山上。政史也沒有對司機說要去山上。計程車開了一段路後，政史問司機：

「司機先生，請問你知道我今天想去山上的原因嗎？」

「我知道，你想去山上故意失足。」

政史笑了起來。

「你果然什麼都知道，你是為了阻止我，才出現在我面前嗎？」

「不，我並不打算阻止你，我只是必須帶你去那家蕎麥麵店，完成自己的工作……」

「這樣啊，真是太感謝了。多虧了你，我下定了決心。雖然我怪東怪西，但其實就是自己在不知不覺中習慣了奢侈的生活，失去了活下去的動力，或者說是生命力。」

「……」

司機沒有回答，對著後視鏡露出了笑容。政史訴說起自己的身世。

「不久之前，我的人生真的一帆風順。雖然小時候很窮，但隨著戰後的復興，家裡開的店生意興隆。當我長大之後繼承這家店時，建了商店街，而且更幸運的是，店剛好就在商店街正中央最理想的位置。即使不特別做任何事，也可以閉著眼睛賺大錢，生活富足奢侈，完全和挨餓受凍無緣。每天晚上去酒店喝酒，假日就和商店街的其他老闆一起去打高爾夫球。

生意好的時候，可以不斷向銀行申請貸款，然後用這些錢重新裝潢店面，營業額又大幅上升……我完全不用擔心以後的事。回想起小時候的生活，覺得自己真的生在一個幸運的時代，久而久之，就覺得這樣的生活理所當然。

沒想到這一、兩年，形勢突然發生了變化。商店街的人愈來愈少，很多老闆因為生意不好和年紀大了，紛紛歇業。雖然也可以把店面出租，但因為店面的後方和二樓是我們的生活空間，所以沒辦法出租給別人。商店街在轉眼之間就沒落了，當我開始覺得形勢不妙時，已經無可挽回了。生意都被大型購物中心搶走，無論做任何事，都無法再吸引人潮。我當時還在想，為什麼偏偏讓我遇上這種事？覺得自己很倒楣。

但是，今天吃完蕎麥麵，我獨自在麵店思考。也許之前生意直線上升時，並不是我運氣好，而是我使用了別人『累積已久，卻沒有使用』的運氣。

我的親生父親從出生到死，從來沒有經歷過我曾經遇到的那些認為『運氣好』的事，他的人生就這樣結束了。不光是我的父親，那個時代的人都差不多，如同你剛才告訴我的，和我父親一樣在塞班島犧牲的人應該也都一樣。我們使用了他們為我們累積的運氣活到今天，然後這些運氣差不多快用完了……我有這種感覺。

我相信你也是因為這個原因，才會出現在我面前。並不是我之前所做的事，把你吸引到我面前，而是因為我父親的功德。你看，現在我也是靠我父親累積的運氣在吸引『幸福』。

……我沒說錯吧？」

政史從後視鏡中看著司機。

司機只是笑了笑，並沒有說什麼。

「這麼一想，就覺得不能輕易放棄生命。因為這樣就變成花光了前一個世代的人累積的運氣，就離開了這個世界。雖然我不知道自己還能活幾年，但必須努力為下一個世代累積運氣。我看著那碗蕎麥麵，覺得我父親像在這麼對我說。」

「這樣啊……」

司機回答後，計程車停了下來。

「目的地到了，這就是你目前該來的地方。」

政史看向車窗外。眼前是一家五金行，以前從來沒有見過這家店。

他看向計費表，發現上面的數字是「71,450」。雖然剛才沒有認真聽司機說，但似乎在計費表歸零之前，都可以一直搭乘。

「我可以問一個問題嗎？」

政史問。

「可以啊……」

「你剛才說，在計費表歸零之前，你會一直出現在我面前，對嗎？」

「對，沒錯。」

「原來是這樣，你還說『車資已經付了』，當然不是我付的，而且我相信車資並不是錢。雖然我不是很清楚，但我猜想有人做了累積運氣的行為，沒錯，我猜想是我父親，就像這個一樣。」

政史從皮夾裡拿出自己店裡的集點卡，出示在司機面前。

「因為有人一直累積，但沒有使用，所以可以集到這麼多點。而我並沒有累積任何運氣，只是一直在使用。是不是這樣？」

司機和剛才一樣，只是面帶微笑。

「我可以把這個計費表上的71,450圓車資轉讓給別人嗎？」

「你不使用嗎？」

「對，因為我覺得不應該一直使用別人累積的運氣，我打算從今天開始，改變自己的生活方式，為下一個世代累積運氣。」

「……我了解了，那麼剩下的點數可以用在下一個世代的某個人身上。」

「你願意幫這個忙嗎？謝謝。」

政史說完，伸出了手，想要和司機握手。司機握住了他的手。

政史依依不捨地鬆開手，司機打開了後車座的門。

正當打算下車的瞬間，政史好像想起了什麼轉頭看著司機。

「可以請教你另一個問題嗎？要怎樣累積運氣？」

政史在下車前問了這個問題。

雖然實際存在，但沒有絕對

計程車司機說的話太震撼，修一說不出話。

修一的祖父名叫一憲，很疼愛他，向來都是無條件地支持他。無論修一做任何事，總是用一臉溫柔的笑容守護著他。修一中學一年級時，祖父去世了。雖然祖父和他並沒有血緣關係，但修一內心認定他就是自己的祖父。

祖母曾經告訴他：「其實你有一個親爺爺，但在你爸爸一歲的時候死在戰場上。」而且也曾經給他看過照片，只不過他覺得「我的爺爺就是眼前的爺爺」，從來沒有認真考慮過親生爺爺的事。也許是因為他覺得會對不起很疼愛自己的爺爺，所以內心不願意承認有親生爺爺的事實，他今天第一次得知親生祖父的名字叫「良藏」。

沒想到良藏突然在修一的腦海中有了明確的輪廓和人格。修一的腦海中浮現出沒有得到人生中任何想要的東西，只是相信下一代的幸福未來而犧牲生命的男人，在塞班島的夕陽下露出的笑臉。

他立刻為至今為止的四十五年期間，從來沒有想到良藏，就這樣渾渾噩噩活到今天而產生了罪惡感，有一種窒息的感覺。

「良藏先生的人生很不幸，從他出生到死去的那一刻都一直很不幸。雖然當時就是那樣的時代，當時整個日本都處在現代人難以想像的動蕩時代裡。良藏先生在那樣的社會環境中，隨時都保持著好心情。雖然去了戰場，每天都徘徊在生死邊緣，看到數萬名士兵接連失去生命後，無法再繼續保持好心情，但在得知生命即將迎接最後一刻的前一天晚上，仍然笑容以對。

他就這樣走完了在現代人的價值觀中，認為和『好運』無緣的二十六年短暫人生，但是因為他們累積了運氣，所以下一個世代才能夠讓日本獲得巨大發展。」

修一低吟著，抱著雙臂，聽著司機說話。原本總覺得祖父應該年紀很大，沒想到祖父去世時才二十六歲，比現在的自己還年輕很多歲，讓他有一種不可思議的感覺。

「你現在了解我剛才說的『雖然實際存在，但沒有絕對』這句話的意思了嗎？像你的祖父良藏先生那樣，有人為了別人奉獻自己的生命，努力保持好心情過日子，但還沒有迎接可以改善運氣的轉機，生命就走到了終點，所以我說『實際存在』。但我又說『沒有絕對』，是因為他們累積了運氣，所以下一個世代得到了很多幸運。你也一樣，受到他們累積的運氣所帶來的恩惠，才能夠有今天。」

司機一口氣說完後，停頓了一下，觀察修一的表情。

修一沉默片刻後開了口。

「你的意思是……因為我父親把計費表上的那些點數留給了我，所以你才會出現在我面前嗎？」

「沒錯。」

司機點了點頭。

「而且這是我爺爺把用生命累積的運氣交給我父親，然後再傳到我的手上嗎？你要我相信你說的這些話？」

司機搖了搖頭說：

「你似乎還不是很了解努力的結果會表現在哪些方面，你聽我說，不妨想像一下，你女兒夢果明年就要考高中。目前整天不去學校，過著只有手機是好朋友的生活，但假設她因為某個契機開始去學校，然後就像脫胎換骨般開始用功讀書。」

「是怎樣的契機？」

「不知道。我只是打比方，她的改變讓你這個當父親的也瞠目結舌，想像她平時在家的時候，幾乎隨時都在用功讀書。如果你看到女兒這麼努力，你會有何感想？八成會感動不已，不光會產生感動，而且還會覺得自己也要努力。」

「嗯……我想應該是。」

「你會像平時一樣工作，卻遲遲無法簽到保單。當你決定今天就先到此為止，準備回家時，想起了女兒努力用功的樣子。於是你就產生『再稍微努力一下』的念頭，結果在上門拜訪客戶時，可能會簽到保單。這種情況下，是不是可以說你因為夢果的努力而得到了幸福？

你的人生因此開始漸漸改變，除了你以外，夢果的同學中，當有人知道『夢果和以前不一樣了』，也開始覺得『我也該用功讀書了』。然後那個同學的家長看到孩子用功之後，也產生了和你相同的感動，決定也要努力工作。一個人努力、投入的身影，具有為他人帶來幸福的力量。」

也許是這樣。如果看到女兒夢果專心投入某一件事努力不懈，內心似乎就可以湧現無限動力。

「但是，如果夢果認為『努力根本沒有意義』、『即使努力，也未必能夠獲得回報』呢？」

「這……」

「當然會有這種可能性。因為這兩年來，她完全荒廢了學業。雖然因為某個契機，好像發了瘋似地開始用功，但即使再怎麼苦讀，也未必會有理想的結果。於是她開始懷疑『是不是努力也沒有意義？』然後自以為是地認為『努力不一定能夠獲得回報。』如果她產生這種想法，你該怎麼辦？」

「我會告訴她，沒這回事，還會告訴她，她的努力帶給我勇氣，因此帶來了怎樣的結果；還會告訴她，那並不是努力無法獲得回報，而是沒有這麼快就顯現結果，不要輕言放棄，要咬牙克服這個難關。因為她必須追回兩年的進度，這絕對要付出很大的努力……」

司機笑了起來。

「幹嘛？」

「原來你都知道。」

「知道什麼？」

「知道努力一定會獲得回報。你知道剛才的故事中，『夢果』就代表了你，你代表了『政史先生』嗎？」

「什麼意思？」

「就是字面上的意思。在你準備考大學的時候，你的父親看到你努力的身影，好幾次都下定決心要努力，也因此感受到很多幸福。但是，你認為『努力無法獲得回報』，話說回來，這也是理所當然的事。因為你考大學時非但沒有考上第一志願，只是勉強擠進了保底的學校，還因為這個原因，和當時的女朋友分手……你會覺得『努力並不一定能夠獲得回報』很正常。如果你父親知道你有這種想法，應該會對你說你剛才打算對你女兒說的那些話。」

「這……」

「你父親完全沒有想到你竟然會有那樣的想法，如果他知道，一定會告訴你，因為你的努力，他才會堅持不懈。但是，請你不要責備你父親，因為你自己也沒有想到，夢果可能會有這樣的想法。」

「那……」

修一無言以對。

「事實上，整個社會就是有人努力的身影所帶來動力的聚集體，並不是因為結果帶來了動力的聚集體。大家都是看到別人的努力，比方說看到女兒努力的身影，下定決心『我也要努力』，產生了克服困難的動力。這些大人帶著這份動力投入工作，所以社會就能夠進步，並不是看到女兒努力的結果而產生動力。」

「嗯，的確是這樣。」

「這個世界上的所有人都是看到別人努力的身影，而激發自己的動力，但自己努力的時候，無論在判斷運氣或是成果的時候，都只針對『現在的自己』這個很狹小的世界和很短暫的期間進行判斷，然後輕易得出『運氣不好』、『努力無法獲得回報』的結論。但實際上自己目前付出的努力，往往要到很久以後才會出現成果，比普通人所想的時間更久，有時候會是十年之後，甚至一百年……」

「一百年嗎？」

「對啊，而且成果並不一定會呈現在自己身上，有可能會呈現在自己身邊重要的人，或是下一個世代身上，於是有些人就因為自己付出了努力或是奮鬥，沒有立刻在自己身上發生好事，就嚷嚷著自己『運氣不好』、『努力無法獲得回報』，這未免太執著於『現在馬上、只有自己』了，不知道自己的人生只是延綿不絕的生命故事中的一小部分而已。」

「延綿不絕的生命故事……」

修一重複了司機的話。

「如果認為人的一生就是屬於自己個人故事的完結，充分運用與生俱來的條件，盡可能滿足自己欲望，或許就算是理想的人生，但實際上人的一生是延綿不絕的生命故事中極小的一部分而已。你的生命是良藏先生和政史先生的延續，而且會傳承給夢果。

但是，下一個世代繼承的並非只是生命而已，你在別人打造的社會中出生、成長，打造那個社會的是無數個良藏先生和無數個政史先生。

如果認為自己出生在一個美好的時代，或許會認為是因為自己運氣好，才能夠生活在這個時代，但這個幸運、和平而富裕的時代並不是突然從哪裡冒出來的，而是無數的鮮血、汗水和淚水，無數的努力，甚至是生命建立了這樣的時代。那不是『從天而降』，而是有人用生命『打造』了這樣的時代。

生活在不同時代的人都是延綿不絕的生命故事中極小的一部分，生活在每一個時代的人都努力完成自己的使命，所以下一個世代的人才能夠在比上一個世代更『美好的時代』中出生、成長。如今，你接過了這個生命故事的接力棒，生活在這個時代。」

修一回顧了自己至今為止的人生。

司機說的每一句話都打動了他的心。

修一從小就經常聽大人說：「你們出生在一個美好的時代。」父母曾經對他這麼說，老師也曾經這麼說，周遭的大人都會說這句話。這也是理所當然的事，因為說這句話的大人都曾經歷過戰爭，對小時候，或是身為人父、人母經歷過戰爭的世代來說，昭和五十年代（一九七五年）之後，這個國家的繁榮簡直就像是夢境般的生活。

然而，對修一來說，他一出生，就已經有了那樣的生活環境。

當時被稱為和平的時代、豐衣足食的時代，大人都鼓勵小孩「無論自己想做什麼，都可以實現」，他們是第一代人人都可以上大學的時代。在學生時代，為了考上大學，必須刻苦用功，參加競爭率超過十倍的大學入學考試，甚至對「聯考戰爭」這幾個字心生怨恨。
「為什麼必須這麼用功讀書？」
他當時經常詛咒自己生在這樣的時代。
但是，從司機的口中得知良藏在塞班島的情況之後，強烈地意識到自己在考大學時所經歷的痛苦不能稱為「戰爭」，也為此羞紅了臉。
進入平成時代（一九八九年）後，大人不再對小孩子說「你們生活在一個美好的時代」。修一長大之後，覺得在自己的人生中，從來沒有體會過什麼是「景氣好」。雖然每天都為將來的幸福努力，卻從來沒有得到對未來的安心和安定，就這樣渾渾噩噩活到了這個年紀。包括他在內，他周圍那些為人父母的同世代的人，都經常說「現在的孩子都很可憐……」。
短短四十年，就發生了如此巨大的變化。
但是，計程車司機的一番話點醒了他。
在目前這個瞬間，也有新生命誕生。那個孩子一無所知地降臨在這個社會，現在這個社會是誰打造的？

「沒錯，就是我們。」

修一深信這件事。

以前他從來沒有想過，自己也是打造目前社會的一份子。雖然不知道是政治人物，或是有人擁有龐大的權力，支配了這個社會，還是社會承受了境外勢力的壓力，總之，他一直認為是因為那些人，把社會變成了目前的樣子，而且對此深信不疑。正因為這樣，所以經常滿不在乎地批評當前的社會。

然而，既然是自己打造的社會，就無法批評……甚至覺得很對不起在此刻降臨人世的嬰兒。

為什麼會有這樣的心境變化？他也不知道。如果硬要找原因，也許是因為之前並不知道自己出生之前的事，所以不曾產生這樣的想法。

從出生的時候開始，就已經決定了人生目標。盡可能賺更多，盡可能擁有更多的幸福。因為大人告訴他，那就是幸福，他也一直深信如此。但是自己的世代在延綿不絕的生命故事中，只是一小部分而已，如果自己這個世代的人能夠賺取更多，是消耗至今為止所有世代累積的運氣才能得到的幸福的話，這樣真的能夠為此發自內心感到高興嗎？真的該追求個人的幸福嗎？

修一整理頭緒後，用力嘆了一口氣。

「我以前可能錯了。」

他小聲地說：

「我生活在這個時代，一直以為五子登科的人才是成功人士，一無所有的人很失敗，所以我從小的目標就是要成為成功人士……也就是立志『要成為比別人更富有的人』。我認為這是理所當然，從來沒有懷疑過，但也許我不該追求這樣的幸福。

當想到我們都只是延續不斷的生命故事中極小的一部分，就變成所有人都覺得不充分使用前人累積的運氣，和自己累積的運氣，那就是吃了大虧，認為這是自己理所當然擁有的權利，把前人累積的運氣全都用光光，一丁點都不剩下。然後下一個世代的人就會說『出生在這樣的時代真可憐』，是不是這樣？」

修一向司機確認。

「是這樣嗎……？」

原本以為司機會同意自己的意見，沒想到司機的反應出乎意料。

「不是這樣嗎？」

「我忘了那句話要怎麼說，之前……但其實是十五年前，另一名乘客告訴我一句話。是一個新的概念……我想起來了，是『正向思考』！可以運用正向思考。」

「正向思考？」

修一說話的聲音也變尖了。

「怎麼可能正向思考。」

修一自嘲地笑了笑說。

「為什麼？」

「因為我向來不擅長正向思考。」

他知道正向思考對人生有幫助。不，他認為自己知道。雖然認為自己知道，但自己總是陷入負面思考。

要正向思考……雖然他想要這麼做，卻不覺得自己有辦法做到。可能自己骨子裡就是一個負面思考的人，在思考未來時，他很少覺得會有好事持續發生，反而更常覺得情況會愈來愈差。

事情怎麼可能這麼順利？萬一發生這種情況怎麼辦？萬一發生那種情況怎麼辦？一旦開始思考，就會愈來愈陷入負面循環，最後甚至失去行動的動力。

因為從事業務工作的關係，經常必須上門推銷，但幾乎每次的結果都是「看吧，我就知道不行」，事先認為「應該不會成功」的預測十之八九都中了。

信奉正向思考的人，會認為這是缺乏正向思考，才會造成這樣的結果。但是即使事先努力告訴自己「這次可能會成功」，上門推銷後仍然無功而返。經歷多次之後，便很難再發揮正向思考。

「至今為止四十多年，我的人生都不如意。只因為別人說正向思考很重要，就覺得『原來是這樣』而改變自己的想法，整天只想正面的事，就真的能夠否極泰來嗎？果真如此的話，也不適合我，因為我無論如何都無法發自內心這麼想。」

「當然啊，因為這根本不是正向思考。」

「什麼？」

修一忍不住發出驚訝的聲音。

「你想一想。在事情發生的當下，任何人都不知道對自己的人生有正面意義還是負面影響，人生在世，就是無論發生任何事，都要把發生的事變成自己人生中必要的經驗，所以無論任何事，都可以變成正面的事，相反地，也可以把所有的事都變成負面的事。

正向思考並不是想像對自己有利的事，然後就真的發生。真正的正向思考，是無論自己的人生發生任何事，都認為是對自己的人生而言，無論如何都必須體會的重要經驗。」

「你的意思是，並不是針對之後將發生的事，而是對已經發生的事發揮正向思考嗎？」

修一想起幾天前，大量保單遭到解約的事。

「要認為那件事是因為我的人生需要，所以才會發生的重要經驗嗎？」

他在內心自問，然後搖了搖頭。目前的自己根本不可能從那件事中找到正面的意義。這也是理所當然的事，因為經歷了這麼痛苦的體驗，當然不可能慶幸發生了那件事。

「我沒辦法這麼想，看來我還是不適合正向思考。」
司機露出了微笑。
「在我們的人生中，會發生很多重大失敗、意外的不幸，或是突如其來的大災害等這些在當下很難認為『這對未來的自己有正面幫助』的事。在發生的瞬間，無法產生這樣的想法是理所當然的事，但是，有朝一日，就會產生這種想法。但是我剛才想要表達的是，可以用另一種方式解釋『正向思考』。」
「另一種方式解釋『正向思考』嗎？」
「對，我剛才不是提到，我們的人生是延綿不絕的生命故事的一部分嗎？」
「對。」
「當你出現在這個故事中，也就是你出生的時候，就已經有了至今為止的故事所創造的恩惠了，不是嗎？」
「是啊。」
「然後你誕生了，活了一百年後死了，當你死的時候，努力留下比你出現在這個生命故事時更多的恩惠才離開。也就是說，因為你曾經活在這個世界，這個世界變得稍微正向了。難道你不認為這才是真正的正向思考嗎？」

「你的意思是說，累積的運氣比使用的運氣更多嗎？」

「沒錯，這不就是正向嗎？我認為這是成為延綿不絕的生命故事一部分，活在這個時代的人的『使命』。」

「我的使命？」

「岡田先生，你剛才說『不可以追求這樣的幸福』，但我認為沒必要這麼清心寡慾，即使追求富足的人生也很好，只要生活方式能夠累積更多的運氣就好。在整個人生中，只要累積的運氣超過使用的運氣，人生就出色地完成了自己的使命，而且以總數來說，不就是正向嗎？」

「的確……」

「追求努力累積更多運氣的生活方式，然後只使用自己累積運氣的一半，即使這樣，仍然能夠比別人獲得更多。我認為這樣的生活方式才是真正的正向思考。」

董事長脇屋掛在辦公室牆壁上的那句話閃閃發亮，浮現在他腦海。

「正向思考，笑得比別人更開心的生活方式！」

「沒錯沒錯，你說對了，要讓每個人都覺得，那個人的運氣比任何人都好。但是當事人知道，自己只使用了累積運氣中的一小部分而已。這樣的生活方式不是很瀟灑嗎？」

修一感到眼前突然晴朗燦爛起來，全身都起了雞皮疙瘩。

這種價值觀和之前所認為的正向思考完全不同。為下一個世代所累積的運氣超過自己所使用的運氣，如果這樣的生活方式是真正的正向思考，他完全可以接受這種思考方式，也希望自己能夠如此，過這樣的生活方式。

這種價值觀和目前的常識完全不同，從利害得失的角度來說，等於是要求人生加加減減，最後是『吃虧』的狀況，和自己的付出相比，盡可能減少自己能夠得到的，即使如此，仍然有滿滿的收穫。

但是，這番話深深吸引了修一，他發現自己內心深處渴望這樣的生活方式。這不是在唱高調，而是情感上，不，或許該說是靈魂在命令自己「用這種方式生活」。最好的證明，就是他全身都起了雞皮疙瘩。

「其實我不太喜歡『正向思考』這幾個字，但也許是因為我並沒有真正理解這句話的意思。」

修一深有感慨地說。

「我不知道這是不是真正的意思，因為即使是同一句話，每個人的定義都不一樣。」

「原來如此，也許是這樣。」

修一發現今天比平時搭了更久的計程車，看向計費表，上面的數字顯示「39,330」。他看向車窗外的風景，發現是熟悉的景象。

修一已經知道最後的目的地會在哪裡。

「沒錯，這是最後一次了。」

他在聽司機說話時暗自決定。司機似乎在說政史的事時，就猜到了修一會這麼做，所以默默開著車，似乎正在充分體會和修一相處的最後時光。

最後一堂課

「我問你，」修一看著窗外問司機，「是不是快到目的地了？」

司機笑了笑。

「你果然知道。」

「是啊，但我有一件事想拜託你。」

「我大概能猜到是什麼事，但還是想聽你親口說。」

修一覺得司機說話的方式很惹人生氣，但還是很自然地露出了笑容。

「我就知道你會猜到，沒錯，你不必再來我這裡了，把計費表剩下的——」

修一原本想說「留給我女兒」，但最後把話吞了下去。因為這種想法太一廂情願了。該由司機決定要去載誰。

「可以留給下一代嗎？」

司機點了一下頭。

「我了解了，所以我們馬上要說再見了。」

司機說完，按下了計費表。數字停在38,640上。

「喂喂喂，你把計費表按停沒問題嗎？」

「沒問題，我就當提供一點小優惠。」

「是嗎？謝謝你。我最後還想問一個問題，其實我這個人完全沒有自信。」

修一一改剛才的態度，用溫柔的語氣說了起來。他不像在和比自己年輕的司機說話，更像變成了小孩子，在向良藏或是政史請教答案似的。

「在任何競爭中，我都不曾贏過，和別人相比，也沒有任何優秀的才華。從小到大，即使自認很努力，也從來沒有因為獲得好成績而受到稱讚，但又缺乏毅力，無法成為一個比別人更努力的人。

到了這把年紀，說起來有點慚愧，但我認為自己並不適合目前的工作。因為業績遲遲不見起色，好不容易簽到的保單，保戶也一下子就退保了……每天都遇到這種事，當然不可能繼續想做這份工作，但是，自己到底適合什麼工作……即使思考這個問題時，也完全想不到任何事。雖然身為中學生的父親，經常擺出父親的架勢，要女兒好好讀書，但其實對育兒也沒有自信。

看到女兒開始拒學，就懷疑自己至今為止做的一切都是錯的。目前工作遇到瓶頸，雖然覺得必須設法解決，努力在苦撐，但其實我失去了所有的自信，整個人彷彿要崩潰了……。你認為即使是這樣的我，也能夠身為延綿不絕的生命故事中的一小部分，發揮什麼作用嗎？」

修一坦誠地說出了內心真實的想法。他可能無法對其他任何人說這種話，但覺得可以向這位司機說出心聲，而且在決定以後不會再和司機見面時，無論如何都想問這個問題。司機露出燦爛的笑容，毫不猶豫地回答：

「當然可以，而且是只有你才能發揮的作用。你之前就已經發揮了這樣的作用，以後也會持續發揮。」

「是嗎？既然你這麼說，那應該就是這樣，但我很沒有自信，到底該怎麼辦？」

「首先，停止和別人比較。放棄和別人的人生進行比較，專注於自己的人生。每個人都會活出自己的人生，發揮自己的作用，所以即使別人看起來很富足，看起來一帆風順，也和自己無關。充分注視自己的人生更重要，於是就會知道，自己有多麼幸福，要先用心發現自己有多幸福，這是一切的起點。只要真心發現這件事，就會開始覺得自己比別人更幸福。」

「發現自己很幸福……嗎？聽你剛才說了之後，我知道自己很幸福，但要發自內心這麼認為，恐怕有點困難。」

「嗯，因為你在工作上遭遇了很多的挫折，這也情有可原。」

「你真是哪壺不開提哪壺啊！」

「嘿嘿嘿！」

司機調皮地笑了起來。

「岡田先生，你今天早餐吃了什麼？」

「啊？為什麼突然問這個？兩者有什麼關係嗎？」

「你先別問這麼多，請你回答我，你吃了什麼？」

「今天早上……和平時一樣，吃了白飯和味噌湯，還有納豆。對了，還吃了蛋和香腸。」

「如果我說為了準備你今天的早餐，不，光是準備你早餐吃的那一碗飯，就需要整個宇宙的力量，你能夠接受嗎？」

「整個宇宙？」

「沒錯。雖然聽起來很誇張，但這是事實。比方說，你知道米是怎麼來的嗎？」

「把稻子種在農田裡種出來的。」

「沒錯，所以必須有農田，以及種田的人，才能夠種出稻米。即使有人種田，如果沒有機器，就無法讓世界上這麼多人都豐衣足食，所以就需要耕耘機。但是必須有人開發相關技術，做出模具，才有辦法製造耕耘機。而且製造耕耘機的材料銅、鐵、鋁等金屬，以及製造玻璃的石英，都必須從中國、澳洲、非洲等國外進口，在當地就需要有人開採這些礦產，然後有人把這些材料運回日本。

於是就需要船舶，所以造船業的人也參與其中，還有貨運公司。耕耘機、船舶、開採用的重型機械都要用柴油，這些柴油都來自中東國家或是美國開採的石油，所以也需要有開採的人員。柴油和汽油是化石燃料，化石來自很久以前的動植物，也就是來自地球上生命誕生至今數十億年以來，連綿不絕的生命。

一餐飯所涉及的人和物簡直不勝枚舉，但因為時間有限，所以就不再列舉了。總之，在思考每一件事物的關聯性後，就會發現一餐飯連結了全世界。

但是，即使具備了所有這一切，也無法種出稻米。因為需要陽光，你看，來到宇宙了。只有陽光，稻子也會枯萎，還需要水。只要有充足的水或充分的陽光，就可以種出稻子嗎？還是不行，還需要二氧化碳。

動物呼吸會產生二氧化碳，所以如果我們不呼吸，就無法種出稻子。水和二氧化碳利用了太陽的能量生長出稻米，稻米的基本材料是碳、氫和氧，人類以米為食，轉化成生命的能量，也就意味著這些材料構成了人的身體，也成為人的身體順利運轉的零件。你知道這些零件是從何而來嗎？」

「這……」

修一當然答不上來。因為司機說的這些內容太宏偉了，從中途開始就必須很費力才能理解司機所說的話。他就像在上課時突然被老師點到名的學生一樣手足無措。

「……應該是……地球上有的東西吧？」

「即使是地球上的東西，也並不是一開始就有，而是從其他地方來的。像太陽一樣會自己發光的星星，也就是恆星，在生命最後一刻發生超新星爆炸，由散在宇宙整體的物質聚集而成，也就是說，所有的人類都是來自星星。」

司機似乎發現自己說話太快了，停頓了一下，讓自己平靜下來。

「一餐飯就需要整個宇宙才能完成，需要地球上所有人齊心協力才能完成。一旦了解這一點，就會了解今天能夠吃到這一餐是多麼幸福。我們每天都理所當然地吃著這些食物，如果無法認為這樣的人生很幸福的話，到底認為怎樣的人生才算是幸福？這樣的人，恐怕無論擁有再多，都不會感到幸福。」

計程車轉過最後的街角，修一的老家就在兩百公尺前方。

「接下來就請你自行思考，我相信你一定會認為自己是天底下最幸福的人。到時候，你就會對自己產生自信，也會發自內心相信自己可以發揮作用。」

計程車停了下來，後車座的門打開了。修一沒有說話，注視著停車之後，轉頭看著他的司機。他想要說話，卻找不到適當的話語。

不知道注視了司機多久，修一終於連續點了好幾次頭，然後露出笑容。

「司機先生……很抱歉，我剛才和你說話時都一直沒大沒小，很沒禮貌。」

司機搖了搖頭。

「沒關係。」

修一伸出手。

「謝謝你，我覺得司機你不是『運轉手』，而是改變我人生的『轉運使者』。」

「轉運使者……嗎？聽起來很不錯，我考慮以後就用這個名字。」

司機握著修一的手，也對他露出了笑容。

「對了！」

司機好像突然想起什麼，在副駕駛座上找了一下，拿出一個小紙袋包裝的東西。

「這個送你。」

「這是什麼？」

「一點小心意。」

修一接過後，當場打開了紙袋。裡面是一個五公分大小的黑鱸公仔，張大嘴巴，身體折成U形。嘴裡還有一根釣針，釣針前端的繩子看起來像釣魚線，就像是剛釣上來的黑鱸。

「這是手機吊飾，是你搭乘本車的紀念，請你笑納。」

修一忍不住噗哧一聲笑了起來。

「通常不是應該送小型計程車的吊飾嗎？為什麼送黑鱸？而且我的興趣也不是釣魚。」

司機面帶笑容。

「你別這麼說嘛！」

修一也回以微笑。

「好吧，那我就收下了。因為『要對所有事產生興趣』嘛。」

修一說完，就迅速下了車。

回頭一看，司機立刻關上了後車座的門，好像完全沒有感到依依不捨的樣子。在計程車離開時，司機舉起右手，好像在向修一道別。因為看不到司機的表情，所以無法確認，但修一覺得司機舉起手的樣子和父親政史一模一樣。

「老爸……？」

當他閃過這個念頭時，計程車已經開走了，他無法確認駕駛臉上的表情。

目送計程車離去後，忍不住覺得剛才搭計程車是一場夢，實際上並沒有發生任何事。他注視著手上的黑鱸公仔，用力握緊，想要確認的確發生過這件事。

然後，他把公仔放進了口袋，走向玄關，按了門鈴。

「來了。」

屋內傳來民子熟悉的聲音。

民子看到修一突然回家一定會很驚訝。修一原本並沒有打算回家，所以現在才在絞盡腦汁思考，要用什麼理由說明為什麼今天回來老家。

第二人生

民子一看到修一，在驚訝的同時，說了一句理所當然的話。

「如果要回來，應該先通知我一下。」

民子似乎覺得修一突然回家，讓她感到很困擾，但臉上難掩欣喜的表情。這也在修一的預料之中。因為民子開始獨居生活才半年，還沒有適應這種生活，也正感到寂寞。

「對不起。」

「你吃飯了嗎？」

「不，還沒有。」

民子畢竟是母親，馬上就擔心兒子會不會肚子餓。修一覺得自己真的回到家了。

「因為我沒想到你會回家，所以沒有為你準備飯菜，我現在開始做來得及嗎？」

「沒問題，我不趕時間。」

「你為什麼突然回家？」

修一發現民子走在走廊的背影比記憶中的身影小了一圈。

「我出差到這附近，原本打算直接回東京，但上次妳不是在電話中說有什麼事要告訴我嗎？」

「喔喔，原來是這件事。」

民子說完，走進廚房，立刻打開了冰箱。她似乎打算等一下再聊這件事。

修一沒有坐在廚房旁的桌子前，而是走去隔壁客廳，坐在沙發上。修一以前住在家裡時就已經有這張沙發，如今幾乎失去了彈性，一坐下去，整個人都埋進了沙發。坐在沙發上看到的景象和二十多年前幾乎一樣。

修一看向廚房的方向，發現民子把平底鍋放在瓦斯爐上後正在點火。以前向來覺得民子做家事時動作俐落，但眼前的民子看起來笨手笨腳，每個動作都很緩慢，好像在看慢動作的影片。他覺得母親老了。

「要不要我來？」

修一問。

「不用，我每天都做習慣了，你去休息一下。」

民子很有精神地回答。

修一無所事事，原本想打開電視，但又不想看電視。他環顧室內，想要感受母親的日常生活，突然想起一件事，從沙發上站了起來。

「對了，媽媽，二十五年前，那時候我還在讀大學，爸爸是不是有一天突然說要去爬山？」

民子大吃一驚，停下了手，看著修一的臉說：

「對啊，你怎麼會知道這件事？」

「嗯？這不重要，那天爸爸有沒有突然買了奇怪的東西回家？」

民子看著正在切菜的手，露出微笑說：

「買了啊。」

「他買了什麼？」

「就在臥室你爸的衣櫃上面。」

修一走去父母的臥室。三坪大的房間內放了兩個衣櫃，和母親新買的床。放了三個大型傢俱後，感覺變得很擁擠。以前父親和母親都直接在榻榻米上鋪被子睡覺，母親覺得每天把被子搬上搬下太累了，父親過世後，她便開始睡床。

修一看向有著對開雙門的衣櫃上方，紫色方巾包起的大包裹露了出來。修一踮起腳，緩緩從衣櫃上拿了下來。雙手張開才能拿起的板狀物上放了好幾樣工具，他雙手抱起後，放在廚房的桌子上。

「我昨天剛好清理了一下，因為如果一直丟在那裡，萬一發霉就麻煩了。」民子說。修一這才發現方巾上完全沒有灰塵，他緩緩打開了方巾的結。

「原來是這樣……」

修一在心裡嘀咕。

裡面是做手工蕎麥麵的工具，而且所有的工具看起來都很有歷史。

「有一天，你爸爸突然說『我要去爬山』，他差不多有二十年沒爬山了，沒想到出門後不久就回家了，然後抱著和這些相同的工具回到家。」

原來這些看起來很有歷史的工具經過不斷更換，目前的這套工具不知道是第幾代了。

「我沒辦法把爸爸和做手工蕎麥麵的形象連在一起。」

「是嗎？他做起蕎麥麵可是有模有樣，架勢十足。那天之後，每天都練習做手工蕎麥麵。提到爸爸，我就會想到蕎麥麵。」

「這樣啊，原來他在高爾夫之後，找到了新的樂趣。」

「雖然我不知道他為什麼突然想到做蕎麥麵，但他很投入。」

既然民子不知道，可見政史並沒有把良藏的事告訴她。修一從計程車司機口中得知自己的親祖父良藏的事後，非常能理解政史為什麼想做蕎麥麵。他應該想親手做出良藏很想吃的「美味蕎麥麵」，雖然讓良藏親口吃到他做的蕎麥麵是無法實現的夢，但他一定希望自己學會之後，可以向親生父親報告。

「那時候店裡的生意愈來愈差，你爸爸不再去打高爾夫有一段時間了，我當時也以為他找到了新的興趣，但我想錯了。」

「那是怎麼回事？」

「不是興趣，他想成為蕎麥麵職人。」

「蕎麥麵職人？」

「對，因為爸爸發現，在這個商店街的正中央繼續開精品小舖也無法讓生意好起來，所以決定要開蕎麥麵店。」

「開蕎麥麵店？」

「雖說是蕎麥麵店，但並不是普通的蕎麥麵店，而是真正美味的蕎麥麵店。每次都是我試吃你爸做的蕎麥麵，他每次都會問我：『怎麼樣？是不是全日本最好吃？』當我回答說：『我不知道是不是全日本最好吃，但真的很好吃。』你爸爸就說：『一定要全日本最好吃才行。我跟妳說，真正好吃的蕎麥麵店，即使開在深山裡，即使開在冷清的地方，也會有全國各地的客人上門。』」

「日本最好吃的……蕎麥麵店。」

民子開心地笑了起來。

「我不是在說奉承話，你爸爸做的手工蕎麥麵真的很好吃。雖然一開始會太軟或是太硬，或是沒有嚼勁，咬起來軟趴趴的，每次做出來的感覺都不一樣，之後就漸漸穩定下來。差不多到了第五年的時候，可能比外面普通蕎麥麵店的更好吃。到了第十年時，無論去哪一家蕎麥麵店，都吃不到比爸爸做的更好吃的蕎麥麵，搞不好真的成為全日本最好吃……」

「等一下，爸爸做了十年嗎？」

「才不是只有十年而已，他到死之前都沒有放棄，所以前前後後有二十五年……」

修一大吃一驚。雖然對父親這麼認真做蕎麥麵很驚訝，但最驚訝的是父親做了二十五年蕎麥麵，自己竟然完全不知道。

「既然爸爸可以做出這麼好吃的蕎麥麵，為什麼沒有開店呢？」

「差不多十年左右時，爸爸也對自己做的蕎麥麵完全不輸給任何人產生了自信，雖然去找了適合開店的地方，也去銀行申請貸款，做了各種嘗試，但最後還是不行。那時候時機不好，而且精品小舖繼續經營也只是賠錢，所以剛收起來，而且你爸爸也已經六十歲，年紀也很大了，即使說想要開店，銀行也不願意借錢。爸爸很生氣地說，銀行還沒吃過我做的蕎麥麵，就認定我不行。」

「這樣啊……」

「我當時建議爸爸，可以找你一起做，因為幾乎所有的銀行都說，如果兒子願意一起開麵店，就願意放款，沒想到……」

「沒想到？」

修一探出身體。

「你爸爸說：『修一的人生屬於他自己，不能把他捲入我想做的事。妳不要向他提這件事。』……那時候你剛結婚不久，他可能不想造成你的困擾。因為這些原因，所以爸爸最後不得不放棄申請貸款，但即使這樣，爸爸也沒有放棄做蕎麥麵。」

「即使已經放棄開店了嗎？」

「為了你有一天回到老家，說想要開店時，可以對你說：『如果你要開蕎麥麵店，我可以幫忙。』爸爸覺得你和他不一樣，讀過大學，而且讀的是經營系，又一直從事業務工作，所以認為你可以成為經營者，他沒有這方面的能力，所以似乎希望可以成為蕎麥麵的職人，助你一臂之力。」

「怎麼會……」

修一說不出話。

「他這個人就是不夠坦誠，但是他不願意綁住你的人生，這是他對你的愛，他希望能夠在你走投無路時能夠支持你，這也是他的父愛，所以在得知自己無法開店時，他看起來並沒有沮喪，和之前一樣熱衷於做蕎麥麵，磨鍊自己的技術。」

父親一定認為這樣可以累積運氣，所以才能夠堅持不懈。

民子繼續說了下去。

「但是，他最後似乎稍微改變了想法。那時候你換了工作，去做保險業務員之後，工作就變得很忙，也沒時間回來，即使偶爾打電話給你，你聽起來也很忙，好像很急躁，爸爸似乎察覺了什麼，認為你的人生可能遇到了瓶頸，所以不時把『希望修一有機會吃吃看我做的蕎麥麵』這句話掛在嘴上。」

「難怪……」

修一想起政史晚年的時候，每次和他通電話，他都會問：「你下次什麼時候回來？」因為父親以前從來不會這麼問，修一還以為他上了年紀之後變脆弱了，沒想到事實完全相反。父親發現自己遇到了瓶頸，想要幫助自己，所以才希望他回家看看。

修一注視著使用多年的蕎麥麵工具，感到鼻子深處一陣發熱。

政史吃到了良藏希望兒子吃的蕎麥麵，而且可以說從此邁向了新的人生。自己沒有吃到政史想要自己嚐一嚐的蕎麥麵，就送走了父親。他覺得自己簡直太不孝了。

「雖然最後他的努力沒有得到回報就是了。」

修一聽了民子的話，搖了搖頭說：

「任何努力都不可能沒有回報。」

民子瞪大眼睛，看著修一的臉。修一雙手撐在桌子上，看著做蕎麥麵的工具，因為他覺得那些工具中凝聚了政史的感情。

「你爸爸也曾經這麼說。」

「是嗎……我想也是。」

修一恍然大悟地頻頻點頭，拚命地忍著快流下來的淚水說：

「媽媽，我可以把這些工具帶回家嗎？」

民子笑著點了點頭說：

「當然可以，放在家裡，我會覺得你爸爸就像是陪在我身旁也很不錯，但我相信你帶回去的話，爸爸會更高興。」

修一把做蕎麥麵的工具重新用方巾包起來後拿了起來。

「我先拿去放回房間。」

修一說完，轉身背對著民子的瞬間，淚水就流了下來。他走在走廊上時，覺得政史好像隨時會打開走廊深處的拉門，從裡面走出來。修一在內心說了好幾次：「爸爸，對不起。」

他每道歉一次，淚水就流了下來。

民子也在廚房內哭了。

隔天清晨，修一走出了家門。

前一天晚餐時，他問民子：

「妳不是有事要對我說嗎？是什麼事？」

「已經說了。」

民子笑著回答。原來她打算在修一回家時，把政史和蕎麥麵的事告訴他。

「我沒想到你竟然知道爸爸去登山回家時，買了什麼東西回家，讓我大吃了一驚。」

民子說了好幾次相同的話。

修一轉了好幾班電車，來到名古屋時，已經超過八點半了。他撥打了脇屋的手機，說他目前正在名古屋，以及會遲到後，搭上了新幹線。

脇屋只說了一句「記得買伴手禮回來」，除此以外，並沒有說什麼。打那通電話時，修一剛走進新幹線的驗票口，趕緊慌忙跑向候車室內的伴手禮區。他在跑過去的路上思考著買什麼才好，但一到那裡，立刻知道該買什麼。

車廂內幾乎坐滿了人，修一好不容易買到了位在三人座位中間的B座位車票，但走到座位時，發現坐在靠窗座位的女乘客抱著的孩子弄灑了飲料，座椅都溼了，沒辦法坐下來。

「不好意思，我和你換座位，請你坐這裡。」

那位女乘客抱著孩子想要站起來，修一伸手制止了她。

「不不不，妳坐著沒關係。我去找乘務員說明情況，請他們為我換座位。」

修一說完，就轉身離開了。

他在八號車廂附近找到了乘務員，說明情況後，乘務員帶他來到商務車廂。

「因為指定席都預約滿了，所以請您坐這裡。」

修一忍不住苦笑起來。

他忍不住想「這應該算使用了運氣」，然後立刻發現自己受到了計程車司機價值觀的影響，忍不住覺得很好笑。

旁邊的座位坐了一個看起來像是商務人士的男人，正在用筆電工作。

「不好意思。」

修一打了聲招呼後坐了下來。

「保險是將相互扶持的精神具體化的商品，也就是把發生意外狀況時，可以相互幫助的人聚集在一起。」

「這樣啊，這完全就是我想打造的理想公司。」

「比方說，有一百個人，每個月都繳交一筆錢，然後這筆錢存了起來。這一百人中的任何人在遇到困難時，都有權利使用那筆錢。只不過每個人對『困難』的標準不能不一樣，所以就協商制定了怎樣的情況下，可以使用這筆錢的規定。差不多就是這樣。

所以當我們聽到『非還本型』這個字眼時，總覺得在沒有發生意外狀況時，自己好像吃虧了，但也不是像別人所說的只是『買一個安心』。我認為其實保險原本並不是為了將來的自己儲存那些錢，而是目前有人遭遇困難，所以去幫助那個人。因為是抱著這種心態持續繳交保費，當自己遇到困難時，別人也會伸出援手。當然，這只是我個人的理解。」

修一滔滔不絕地向坐在旁邊的山本說明保險。

緣分真的很奇妙。坐在旁邊的山本是經營餐廳的老闆，以名古屋為中心，開了八家餐廳，正準備去橫濱參加經營者的研討會，修一剛好坐在他旁邊。當然光是這樣，他們不可能聊保險的事。在新幹線經過濱松後，山本開始心神不寧，修一察覺到他似乎想找自己說話。修一以為他想去廁所，於是問他：

「你是不是要出去？」

他搖了搖頭後，指著修一掛在皮包上的黑鱸公仔問：

「請問你是在哪裡買到這個的？」

聽山本說，那是很稀有的公仔，在玩家之間是傳說級的珍品。

修一很乾脆地說：

「這個就送你吧！」

然後從皮包上拆了下來，把公仔遞給山本。

修一原本就對那個公仔沒什麼興趣，而且計程車司機應該是為了這次的邂逅，送給自己這個可以帶來「運氣轉機」的東西。

他們就這樣聊了起來。

修一說，自己是保險公司的業務員，山本似乎產生了興趣，對他說：

「我想聽你說說保險的事。」

他的餐廳經營順利，似乎賺了不少錢。

「我想加入保險節稅。」

於是他們就聊了起來。

修一並沒有特別說明自家公司的保險商品，只是向他說明保險是什麼樣的商品。

「原來如此，所以非還本型的保險，即使自己沒有用到，也並非只是買一個安心而已，而是用自己繳的錢，幫助了加入同一個保險的其他人。」

「沒錯。」

「你說得太好了，保險業務員就是靠這些保費賺錢吧？」

修一露出微笑，點了點頭說：

「當然，相互幫助的成員中也包括了保險業務員。在簽下保單的第一年，業務員可以抽取一定比例的佣金，靠這些佣金生活，所以我們也是靠大家的幫助過日子，但是只有第一年而已，第二年之後，我們就幾乎抽不到佣金了。」

「是嗎？」

「對，所以如果要買保險，一定要找願意讓他賺錢、值得信賴的對象，在充分溝通之後，再決定買什麼保險。」

「啊？不能向你買保險嗎？」

「我嗎？」

「對啊，我之前和很多保險業務員聊過，只有你告訴我『非還本型的保險並非只是買安心而已』，我想要向這樣的人買保險。」

修一苦笑起來。

「我……似乎不太適合這個工作，正打算改行。」

「是這樣嗎？」

修一點了點頭。

「那我就無法以此作為你送我這個吊飾的回禮了。」

修一笑了起來。

「你為了回報我送你這個玩具而買保險嗎？山本先生，你太誇張了，正如我剛才說的，你要再仔細考慮一下。」

「不不不，我原本就打算買保險，只是覺得既然要買，就向你買。」

山本抓著頭說。

「山本先生，如果你認真考慮買保險，我可以向你介紹一位我發自內心信任的業務員，如果你向他買，我會很感激。」

「岡田先生，這樣真的沒問題嗎？」

「對，但請你好好考慮一下，是否真的要買保險。然後買了之後，就不要馬上退保，要覺得自己已經成為相互幫助團體的一份子……」

修一在說話的同時，和山本交換了名片。

「所以呢？你決定要換什麼工作了嗎？」

修一露出苦笑，指著放在頭頂上方置物架上的紫色包裹說：

「雖然不知道是否能夠成功，但我希望有朝一日，可以成為蕎麥麵職人。」

「這樣啊，你的興趣是做蕎麥麵嗎？」

「不，我正要開始學。」

山本露出驚訝的表情。人在真正驚訝的時候，似乎會說不出話。但是聽到這句話時，最驚訝的不是別人，而是修一自己。

他剛才是脫口說出「想成為蕎麥麵職人」這句話。他不知道為什麼會說這句話，但既然脫口說出了這句話，就代表這是自己發自內心的願望。

山本在新橫濱下了車。

修一怔怔地看著車窗外東京的高樓大廈。這幾天太不可思議了，要花很長時間，才能回想起發生在自己身上的每一件事，但這幾天的確成為改變自己人生的轉機。

他努力回想司機的臉，卻無法清楚想起司機到底長什麼樣子。現在回想起來，覺得好像有點像父親政史年輕時的樣子，又覺得完全不像。

他搭乘了神奇的計程車，和司機聊了很多話，司機也帶他去了很多地方。司機送給他的那個黑鱸公仔是唯一的證據，如今這個公仔也已經送人了，所以他甚至對這幾天是否真的發生了這些事失去了自信。

唯一可以證明這不是夢境，而是現實的證據，就是用公仔換來的山本的名片。

這幾天的一切也將這樣慢慢成為過去。

新起點

修一在十一點左右才走進辦公室。脇屋並沒有生氣，只是在等待修一的報告。修一走向脇屋的辦公桌。不可思議的是，他竟然沒有感到緊張。

「不好意思，我遲到了，這是伴手禮。」

修一把「赤福餅」遞到脇屋面前。「赤福餅」是伊勢的名產，也是名古屋車站很受歡迎的伴手禮。

「喔，是赤福餅！我從小就很愛吃。」

脇屋在說話的同時，興奮地接了過去，放在桌上後，看著修一的臉。

「所以呢？」

他似乎在等修一向他說明，為什麼會去名古屋。

「因為這個月西導補習班的保單解約，我覺得必須趕快簽下新的保單，所以就回去老家那裡，想透過在老家的關係推銷保單。」

「你的老家是在……」

「在岐阜。」

「喔，對。」

「然後得知在名古屋開了八家餐廳的山本先生對保險很有興趣，所以就和他見面談了一下。」

「簽約了嗎？」

「他很有興趣，看起來也會買，但因為我能力不足，所以在臨門一腳時，無法獲得他的信任。他希望找一位能夠用更簡單易懂的方式向他說明的業務員，我告訴他『我會請敝公司一位姓脇屋的業務員和您聯絡』，然後就留下了您的名字。」

脇屋注視著修一的臉，似乎在觀察他臉上的表情，最後只說了一句：「我知道了。」向修一伸出了手。

修一把剛才在新幹線上和山本交換的名片放在他的手上，轉身離開了。

修一回到家，優子看到他時大吃一驚。

「這是什麼？」

「這個嗎？我等一下向妳說明。」

「這……該不會是做蕎麥麵的工具？」

優子接過包裹後，打量著手上的包裹問。

「對。」

修一回答後，脫下鞋子，快步走進臥室。

優子覺得修一看起來比平時開朗。

「可能發生了什麼好事。」

優子這麼猜想，但在那天晚餐後，聽了修一說的話，發現自己完全猜錯了。吃完晚餐後，夢果像平時一樣，立刻走回自己的房間。

優子收拾完餐桌，洗好碗之後，修一從臥室中拿出剛才帶回家的包裹放在餐桌上，打開了包裹。

「剛才已經聽你說，這是做蕎麥麵的工具，你為什麼帶這種東西回來？而且……好像不是新的。」

修一點了點頭說：

「這有點像是我爸的遺物。」

「你爸的遺物？原來他的興趣是做蕎麥麵。」

優子不由得感到佩服，拿起工具打量著，發現每一件工具都用了很久。

「在說這件事之前，有一件事我必須先向妳道歉。」

「什麼事？」

優子皺起眉頭，渾身緊張起來。她把手上做蕎麥麵的工具放回桌上，拉了椅子，坐在餐桌旁。

「不瞞妳說，差不多一個星期前，有大筆保單解約，總共有二十份。」

優子聽到修一說的數字，立刻想到是十個月前，修一去補習班上門推銷後順利簽約的那些保單。他們還曾經為此舉杯慶祝，簡直就像昨天才發生的事一樣。

「這一個星期以來，我想盡了各種方法，努力試圖挽回，但最後還是白忙了一場，所以下個月的薪水只有以前的一半。」

優子聽了之後並沒有說：「那該怎麼辦……」，而是對他說：「這也沒辦法，而且反正再過兩個月，就滿十二個月了……」

一方面是因為她知道修一做這份工作，就有可能發生這種情況，而且也知道如果有辦法解決，修一早就這麼做了。

修一很驚訝優子如此冷靜，原本做好了心理準備，優子會情緒激動地數落他：「這麼重要的事，你為什麼瞞了我這麼久？」即使沒有罵他，至少也會一臉冷淡的表情嘀咕：「簡直糟透了……」。優子的反應完全出乎他的意料，也許她並沒有充分了解事情的嚴重性。修一下定了決心，決定說出所有的一切。

「謝謝妳這麼說，但是保單在一年以內解約時，就必須退還之前的保費，所以會在下一次獎金中扣除一大筆錢，不夠的金額也要再補回去。也就是說……下次的獎金完全領不到，再下次也沒指望了。只能放棄原本計畫的暑假旅行，而且照目前的情況，生活費也會有問題，所以必須動用原本為夢果升學所存的錢。我會把這件事告訴夢果，之前和她討論升學問題時，向她拍胸脯保證：『無論妳想讀哪一所高中都沒問題』，但現在必須告訴她，目前的情況已經沒辦法了。」

優子在聽修一說話時頻頻點頭，似乎在說服自己。修一見狀，深深鞠了一躬說：

「對不起。」

優子露出了笑容說：

「這樣……反而比較好。」

「啊？」

修一驚訝地看著優子。因為修一熟悉的優子應該會很不高興地數落他：「為什麼會變成這樣！」「你怎麼不早點說，我也需要安排啊！」但眼前的優子完全不同。

「妳說反而比較好？」

修一戰戰兢兢地問。

「嗯，雖然我也不知道以後會怎麼樣，但我想或許可以成為夢果思考自己未來的契機。至於旅行，她也一定會說『不要去』，我相信有朝一日，會很慶幸發生了這一切。」

「是嗎……妳這麼說，帶給我很大的安慰，但還有一件事必須告訴妳。」

「什麼事？」

「我打算辭職。經過這次的事，我知道自己不適合這份工作。」

「所以才把這些……」

優子注視著放在眼前的蕎麥麵工具說。修一搖了搖頭說：

「不，蕎麥麵店是以後想要實現的夢想，必須等到我能夠做出全日本最好吃的蕎麥麵，才會考慮開店。或許妳會覺得我根本沒有做過蕎麥麵，就在這裡說大話，但無論花費多少年，我都會努力練習做蕎麥麵，等到妳對我說：『你做的麵已經是全日本最好吃，我們來開一家店』時，我就來開一家蕎麥麵店。」

「我嗎？」

「沒錯，由妳來決定。在妳認為『這樣的麵一定沒問題！』之前，我不會開店。」

優子笑了起來。

「在開店之前，你要做什麼？」

「雖然還沒有決定，但我會找一家白天願意雇用我的蕎麥麵店，晚上再找一份可以賺錢的工作。」

「這樣沒問題嗎？我有點擔心你的身體。」

修一笑著說：

「沒問題，因為我有了人生目標。」

修一說完之後，發現在自己的人生中，第一次有未來想要到達的目標地點。現狀很殘酷，前途也將困難重重，但內心有真正想做的事時，就會覺得未來光明燦爛。

「我了解了，在那一天到來之前，我也會支持你。」

「對不起，之後會比現在更……」

「我知道，也許我必須比現在更努力工作，對不對？」

修一對優子的善解人意感到有點驚訝，發自內心感到感謝後，再次鞠了一躬。

「為什麼想做蕎麥麵？你說是你爸爸的遺物，又是怎麼一回事？」

「說來話長……」

修一不知道該從何說起，也不知道該透露多少。即使說出神奇的計程車司機的事，優子應該也無法相信。

「因為一些奇妙的緣分，我去老家附近推銷保險。」

最後，他只用含糊的方式這麼說。

那天晚上，修一寫了辭職信。

隔天星期五，修一向公司請了假。

那天是當月結算日的前一天，因為結算日是星期六，所以會在當天決定當月的薪水金額。修一無法挽回二十張遭到解約的保單，就將面對發薪日。他決定請年假到發薪日那一天，雖然臨時請假，但脇屋並沒有多說什麼就同意了。也許脇屋已經猜到修一打算辭職。

隔週星期四是發薪日，修一在週一、週二和週三用政史的工具試做了蕎麥麵，但做出來的成品和蕎麥麵相去甚遠。他發現未來的路比想像中更險惡和漫長，忍不住嘆著氣。

「才剛開始而已……」

他努力激勵自己。

發薪日那一天，有每月一次全公司會議。會議結束時，董事長會把裝了薪水明細的信封交到每一個人手上。

修一在接過信封時對脇屋說：

「董事長，我有幾句話想和您談一談，可以佔用您一點時間嗎？」

脇屋似乎預料到修一會提出這樣的要求，立刻點頭回答說：

「我也剛好有事要找你，但我要先打一通電話，十五分鐘後在會客室談，可以嗎？」

修一向他鞠了一躬。

走回自己的座位後，他打開信封，拿出了薪水明細，確認了金額。無論薪水增加或減少，每次確認明細上印的金額時，都會忍不住有點緊張，心跳會加速，但這一天和平時不同，他的心情很平靜。

脇屋如約在十五分鐘後走進會客室。先進到會客室坐著的修一起身迎接脇屋。

「不好意思，耽誤您的時間了。」

脇屋笑著輕輕搖了搖手，似乎表示「不必介意」。

「你要和我說什麼？」

脇屋問話之後，在椅子上坐了下來。修一見狀後，也坐了下來。

他從西裝內側口袋拿出辭職信，放在桌子上。

「我打算辭去這裡的工作。」

脇屋面不改色，注視著信封。修一以為脇屋會問他什麼問題，所以沒有再說什麼，但脇屋似乎並不打算發問，他只能自己繼續說下去。

「辭職理由我已經寫在上面了，您等一下看了就知道了。」

一陣尷尬的沉默，但脇屋似乎並不在意，繼續看著信封。脇屋的態度很平靜，似乎表示早就猜到修一會提出辭職。因為一下子有這麼多份保單解約，即使不是脇屋，任何人都能猜到修一會辭職。

脇屋將原本看著信封的視線移向修一，他的表情很平靜，甚至好像露出了笑容。

「你還有其他話要說嗎？」

「謝謝您一直以來的照顧，雖然幾乎沒有幫到您，但謝謝您對我這麼好。我這個人很笨拙，而且還很頑固，做人不夠坦率。事實上我直到最近，才終於能夠用自己的方式，坦誠理解了您之前所說的話。我相信這樣的自己一定給您添了很多麻煩。」

「喔？具體是哪些話？」

「比方說，您常說的『正向思考，笑得比別人更開心』這句話。我很不擅長正向思考，每次聽到您這麼說，就在內心反駁，怎麼可能輕易做到？以前的我真的很不坦率。後來在某個契機下，我才了解到什麼是真正的正向思考，在了解之後，終於發現其實並不是自己不擅長，而是不夠坦率。」

「你認為真正的正向思考是什麼？」

「我所認為的正向思考，是用自己的人生累積運氣，比自己出生的時候……」

修一說到這裡，感受到好像被雷打到的巨大衝擊。至今為止發生的各種事浮現在腦海中，然後連結在一起。雖然這種想像很荒唐，卻有強烈的說服力。修一感到自己的心跳加速。

「怎麼了？比你出生的時候？」

「不，我可以請教您一個問題嗎？」

「什麼問題？」

「上個星期，我把赤福餅交給您的時候，您說您從小就很愛吃。」

「對。」

「董事長，請問您是哪裡人？」

「我是伊勢人。」

修一猶豫了一下，沒有繼續問下去。

「怎麼了？」

「不，我只是想到一個可能，我可以請教您一個奇怪的問題嗎？」

「什麼問題？」

「請問您祖父是怎樣的人？」

「我的祖父？」

脇屋露出困惑的表情，似乎覺得修一的確問了奇怪的問題。

「他在我爸爸剛出生不久就死在戰場上，所以我不太清楚他的情況。」

「該不會是在塞班島的戰場？」

脇屋驚訝地看著修一問：

「你怎麼知道？」

「因為我的祖父也死在塞班島。」

「原來是這樣。」

脇屋說完後，抱著雙臂沉思起來。修一發現脇屋的臉色漸漸變了，過了一會兒，脇屋突然好像跳起來般向前探出身體。修一的身體忍不住向後仰。

「我可以問你一個問題嗎？」

「好、好啊……」

「你該不會辭職之後……想開蕎麥麵店？」

「……」

修一說不出話。

「對……但是，您怎麼知道這件事？」

脇屋摸著下巴，心神不寧地在會客室內踱步，思考了片刻，最後恢復了原本的冷靜表情，坐回椅子上說：

「不，我只是隨便說說而已。」

說完，他靠在椅背上，立刻又接著問：

「那可以輪到我說了嗎？」

「喔……好。」

「你有沒有看今天的薪水明細？」

「看了。對了，我也必須和您談這件事。這個月因為西導補習班的保單全都解約，所以薪水的金額應該大幅減少，沒想到反而比之前更高，我想是不是算錯了……」

修一誠實報告了照理說應該減少的薪水並沒有減少這件事。

「不，並沒有算錯。」

「請問是怎麼回事？」

修一納悶地問。

「上個星期四，你留了山本先生的名片給我，名片上有他的手機號碼，我和他聯絡之後，得知他週末就在東京，於是就去和他見了面。」

「這樣啊。」

「我了解了詳細情況後，發現你說自己能力不足……根本是騙人的。他說打算向你買保單，結果被你拒絕，然後介紹給我。」

修一很尷尬，露出苦笑說：

「這……因為我打算辭職了，所以希望有機會回報您。」

「嗯，我猜到了……總之，我和山本先生談過了。山本先生說，你向他說明了什麼是保險，讓他深受感動，你所說的保險就是『相互幫助的夥伴』概念，完全符合他想要建立的公司精神。

山本先生公司旗下的八家餐廳都是年輕人，都很有活力，也充滿夢想，只是對保險沒有興趣。但是山本先生認為，加入保險無論對開店或是實現夢想都很重要，只是無法把這種想法充分傳達給年輕的工作人員，正在為此發愁。於是他說會召集那些年輕人，希望能以理財顧問的身分談談保險的事。」

「演講嗎？」

「對，我已經幫你接下來了。」

「啊？不是您去演講嗎？」

「我根本不知道你和他聊了什麼，他說希望演講時說說和當時相同的內容，我哪有辦法？而且山本先生希望由你來演講，既然我都答應了，你不去，我會很傷腦筋。」

「即使您這麼說……」

修一露出無奈的表情抓著頭。

「理財顧問？演講？」

今天是和董事長談辭職的事，意想不到的發展讓修一不知所措。他絞盡腦汁思考，仍然不知道該怎麼辦。他一直深信，只有在自己和別人眼中都是成功人士的人，才有資格去演講，也一直認為和自己無緣，所以董事長突然為他接下演講的工作，也難怪他的思考會陷入停擺。

「像我這種吊車尾的業務員哪有資格演講……」

「山本先生說，打算加入你提議的保險，同時指名你成為他公司的保險業務員。你剛才說，希望可以回報我……如果那是你的真心話，那就去演講。在此之前，這份東西……」

脇屋拿起修一剛才給他的辭職信。

「先放在我這裡，等你去演講之後，如果仍然決定要辭職，那我也不阻止你。」

脇屋看到修一仍然猶豫不決，補了臨門一腳說：

「我可是已經向山本先生收了講演費的訂金。」

「您已經收了錢？」

修一問話的聲音也變尖了。

「對啊，所以才會這樣。」

「才會怎樣？」

「所以你的薪水才沒有減少，因為加上了演講費的訂金。」

「啊……」

「岡田，這不是要繼續這份工作還是辭職的問題，而是只有你才有能力完成這件事。山本先生付的演講費並不是我提出的金額，而是他主要提出：『希望能夠用這個金額，務必請岡田先生為我們公司的員工分享上次的那些內容。』這是以一位經營者的立場，在經營公司的過程中，認為有必要請你去和員工分享那些內容。

你知道嗎？山本先生邀請你去演講並不是為了幫助你，而是希望你去幫助他的公司。這不是只有你才能完成的『使命』嗎？你不需要說什麼冠冕堂皇的話，也不必想透過這次演講簽下保單。有人認為『需要』你內心的這些真實想法，有這樣的人出現了，所以你只要帶著真心誠意去分享就好，你不可以逃避。」

「……」

修一仍然舉棋不定。他不知如何回答，注視著桌子，持續思考著該怎麼辦。他當然想不出答案，只能繼續保持沉默。腸屋苦笑著嘀咕起來，打破了這份沉默。

「哪有人接到演講的邀請還露出悶悶不樂的表情？」

修一猛然醒悟。

「如果不保持好心情，就無法發現運氣的轉機。」

他的腦海中浮現了司機從駕駛座轉過頭，對他露出的笑容。

修一立刻露出笑容說：

「好，那我試試，謝謝董事長。」

說完，他深深鞠了一躬。脇屋見狀，心滿意足地點了點頭說：

「詳細日期和時間，還有內容的問題，你和山本先生用電子郵件討論後決定。」

脇屋說完，走出了會客室。會客室內只剩下修一，他拿起脇屋留在桌上的山本名片，很自然地露出了笑容。

脇屋沒有立刻回到自己的辦公室，走出公司所在的那棟大樓，來到馬路上。雙線道的馬路上車來車往，他情不自禁看向右側。有一輛計程車朝他的方向駛來，他以為會在自己面前停下，但計程車開走了。

「至今也已經過了十五年了嗎。」

脇屋回想起在記憶深處沉睡、和一位神奇的計程車司機相處的那幾天，情不自禁露出了微笑。

尾聲

和朋友們一起吃午餐聊天太熱烈，比平時預定的時間晚很久才解散。原本打算這天也兩點就回家，但抵達車站時，都已經超過三點半了。因為天氣預報說今天不會下雨，才穿了新鞋子出門，沒想到天空中烏雲密布，大滴的雨水打在柏油路面上。

「真討厭。」

優子忍不住喃喃自語著。

車站前圓環的計程車招呼站大排長龍，四點半要去女兒的學校和班導師面談，但如果排隊等計程車，可能還沒有等到車，就已經過了約定的時間，但也不可能在大雨中走回家。最後，優子只能排在隊伍的最後方，期待計程車接連出現，更期待這場雨可以停下來。像這種雷陣雨通常下一陣子就會停，只不過不知道是否馬上會停。

唯一的希望，就是即使自己遲到，修一可以準時趕去學校。優子拿出手機，確認修一目前所在之處。顯示修一目前位置的藍色圓點停在「西導補習班」。優子曾經聽修一提過這個補習班的名字。半年多前，修一曾經興奮地告訴她，簽到了很多份保單，她記得那個補習班的名字就是西導補習班。她撥打了電話，但修一沒有接電話。可能正在談事情。西導補習班離夢果就讀的中學很遠，看來也無法期待修一能夠準時趕到了。

優子等了十五分鐘，但雨仍然沒有停。等計程車的隊伍也只前進了幾公尺而已，恐怕還要很久才會輪到自己，但西方天空露出了亮光，打在遮雨棚上的雨聲也變小了。優子認為繼續等下去會遲到，於是下定決心，準備冒雨跑向馬路對面的便利商店去買把塑膠雨傘。雖然腰部以下可能會被雨淋得溼透，但她不能爽約。

「難得穿了新鞋，真是糟透了！」

她這麼說著，離開了隊伍，盡可能走在有遮雨棚的地方，離開了車站。當她在第一個斑馬線前等紅燈時，一輛計程車停在她面前，後車座的門打開了。優子毫不猶豫地跳上了計程車。

「請去雅中學。」

優子說完，從皮包裡拿出手帕。

「唉，真是糟透了……」

她自言自語著，擦拭著手上和衣服上的雨滴。當她進入計程車這個密閉空間時，發現剛才和朋友一起逛百貨公司時試用的護手霜，隨著體溫的上升，發出了濃烈的薰衣草香氣。剛才似乎不小心擦太多了。

「好的。」司機心情愉快地小聲回答後，把車子開了出去。

優子又拿出面紙，拚命擦拭著新鞋上的水滴。終於擦完時，靠在椅背上，用力嘆了一口氣。

車窗外的天空放晴了。雷陣雨似乎停了。

「真是的！怎麼會這樣！」

她不由自主地罵了一句，拿出手機，打電話給修一。

「什麼事？……我正在工作……」

從修一的聲音中，就可以察覺他心浮氣躁。優子對他的反應也感到心浮氣躁。

「你忘了嗎？今天要去學校談夢果的事。」

「我當然記得。雖然記得，但我在上班，怎麼可能中途翹班？」

「我當然知道，只是希望如果你沒辦法去，至少打一通電話告訴我。如果你沒時間，我就自己去。」

電話中傳來修一咂嘴的聲音。

「那妳就去了解一下情況。」

「好。對了，旅行的錢匯了嗎？」

「不……還沒有。」

「要記得匯錢，如果下個星期還不匯錢，名額就會被取消了。」

「啊啊，有一件事……」

「什麼？」

「不，沒事，那就拜託妳了。」

優子重重地嘆了一口氣，掛上了電話。

「唉……」

司機從後視鏡中看著優子的臉對她說：

「下雨很傷腦筋呢。」

優子苦笑著說：

「對啊，真的糟透了。」

「但是這樣不是反而比較好嗎？」

「啊？」

「我是說，這樣不是反而比較好嗎？因為下雨，妳才坐到這輛計程車。」

「嗯，也對。」

優子沒有想太多，配合司機的話回答說。

「咦？妳好像並不這麼覺得。我跟妳說，這輛計程車很特別喔。」

「是嗎？」

「對，首先，今天免收車費，妳可以免費搭車。」

「啊？為什麼？」

「請妳看一下計費表，計費表壞了。」

優子看向計費表，上面顯示了「70,020」的數字。

優子嚇了一跳，但聽到司機說計費表壞了，所以免費，暗自鬆了一口氣。

「真的欸，所以我很幸運。」

「對啊。雖然下雨淋溼了妳的新鞋，但妳不是因此搭到這輛車嗎？當發生什麼事時，很容易下意識地認為『糟透了』，但我覺得不妨認為『這樣反而比較好』。」

「有道理。……但是，你怎麼知道我穿了新鞋子？」

「大家通常不會擦拭被雨淋溼的鞋子，只有穿新鞋的人例外。」

優子覺得自己上車後自言自語的內容被司機聽到了，所以覺得有點難為情。

「人生中所發生的事，即使在發生的當下覺得『糟透了』，過了一段時間之後，往往會覺得『這樣反而比較好』，所以一開始就覺得『這樣反而比較好』，就可以對很多事都樂在其中。」

優子默默聽著司機說話，覺得司機好像在指正自己上車後的行為，忍不住感到羞愧，但司機說話的方式，或者說整個人散發出來的感覺並不會讓人感到不舒服，反而讓人有一種想聽他說話的安心感。

「做這份工作，會遇到各式各樣的乘客。經常聽到乘客說，即使一開始以為是『糟透了』的事，沒想到因此邁向未來的幸福。比方說，這是一位太太告訴我的故事……」

優子沒有問，司機就自顧自地說了起來。

「有一天，她的先生突然買了一把很貴的吉他回家，如果是家中經濟狀況很好的時候也就罷了，沒想到竟然在明知道收入會減少的時候買回家。她先生是保險業務員，每個月的薪水會受到業績的影響，所以很不穩定，她先生買回來之後只彈了幾天而已，很快又有了新的興趣。妳知道她先生新的興趣是什麼嗎？是做手工蕎麥麵。之後，因為她先生的薪水減少了，還必須歸還客戶解約的保險費佣金，原本計畫好的家庭旅行取消了，她怒火攻心，覺得『簡直糟透了』。」

優子忍不住想起修一。原本事不關己地聽著司機說話，但聽到那位太太的丈夫是保險業務員，頓時感同身受。但她很快就差點笑出來，搖了搖頭。她無法想像修一拿吉他的樣子。修一應該是世界上和吉他最不搭調的人。

「有這種先生應該很頭痛……」

「是啊，而且他之後完全忘了自己買吉他的事，整天在家裡做蕎麥麵。……妳知道最後怎麼樣了嗎？」

「很快又發現了新的興趣？」

司機搖著頭說：

「聽說後來迎接了讓他們認為『說不定這樣反而比較好』的未來。」

「怎麼回事？」

「那位先生是因為得知自己家族的淵源，才開始學做蕎麥麵。那位先生在專心學習的過程中，生活方式和價值觀都發生了改變，業績也持續成長。幾十年後，他們夫妻終於如願開了一家蕎麥麵店。」

「這樣啊……」

「那時候，那位太太體會到，無論遇到任何事，認為『這樣反而比較好』很重要。」

「吉他呢？吉他後來怎麼樣了？」

「當時因為拒學而沒有去學校上課的女兒，把她先生丟在家裡的吉他拿去自己的房間開始練習。他們夫妻覺得女兒沒有去學校，整天在家裡，練練吉他至少勝過什麼事都不做，所以就讓她玩吉他。結果十幾年後，他們的女兒成為知名的音樂人。呃……叫什麼名字？我忘了。」

「是喔……原來還有這種事。」

「這是之後才會發生的事。」

「啊？」

優子沒有聽到司機說的話，忍不住追問。

「沒事，已經到了。」

「喔，好，謝謝你。請問、真的……」

「不用收費，下一個客人在等我。」

優子覺得司機在示意她趕快下車，於是她急忙下了車。計程車立刻關上了後車座的門離開了。

「這樣反而比較好……嗎？我是不是也該讓夢果學吉他？」

優子嘀咕著，從學校的大門走進去。

雨過天晴。

完

後記

在寫作過程中，往往需要透過和很多人邂逅，從中得到很多經驗和學習，才能完成一部作品。本作品也因為這許許多多的相遇和學習，才終於能夠完成。

在此向帶給我這些學習和經驗的所有人，尤其是HEROESLIFE株式會社的木下雄詞先生表達衷心的感謝，在我構思本作品時，木下雄詞先生提供了大力的協助。萬分感謝。

平成三十一年三月一日

作者

國家圖書館出版品預行編目(CIP)資料

歡迎搭乘轉運計程車／喜多川泰著；王蘊潔譯.
-- 初版. -- 新北市：大樹林出版社, 2022.12
面；　公分. --（讀小說；1）
ISBN 978-626-96312-8-5（平裝）

861.57　　　　　　　　111016508

系　列／讀小說 01

歡迎搭乘轉運計程車

作　　者／喜多川泰
翻　　譯／王蘊潔
總 編 輯／彭文富
編　　輯／王偉婷
修　　潤／李麗雯
校　　對／賴妤榛
漫　　畫／湯翔麟
排　　版／菩薩蠻數位文化有限公司
封面設計／張慕怡
出 版 者／大樹林出版社
營業地址／235 新北市中和區中山路二段 530 號 6 樓之 1
通訊地址／235 新北市中和區中正路 872 號 6 樓之 2
電　　話／(02) 2222-7270　傳真／(02) 2222-1270
網　　站／www.gwclass.com
E – mail／notime.chung@msa.hinet.net
FB 粉絲團／www.facebook.com/bigtreebook
總 經 銷／知遠文化事業有限公司
地　　址／222 深坑區北深路三段 155 巷 25 號 5 樓
電話／(02)2664-8800　傳真／(02) 26648801
本版印刷／2023 年 1 月

大樹林學院官網

大樹林YouTube頻道

大樹林芳療諮詢站LINE

運転者 未来を変える過去からの使者
UNTENSHA MIRAI WO KAERU KAKO KARA NO SHISHA
Copyright © 2019 by Kitagawa Yasushi
Original Japanese edition published by Discover 21 Inc., Tokyo, Japan
Traditional Chinese translation copyright © 2022 by Big Forest Publishing Co., Ltd.
This Traditional Chinese edition published by arrangement with Discover 21, Inc. Tokyo, JAPAN
Through LEE's Literary Agency, TAIWAN.

定價／350 元 · 港幣：117 元　ISBN ／978-626-96312-8-5

版權所有，翻印必究
本書如有缺頁、破損、裝訂錯誤，請寄回本公司更換
Printed in Taiwan